錯誤的祈禱

藍色水銀
語雨
宛若花開
六色羽

Family Sky 天空數位圖書出版

目錄 藍色水銀

錯誤的祈禱/07

目錄

語雨

目錄

宛若花開

目錄 六色羽

愛的烘培劑/101

錯誤的祈禱

文：藍色水銀

藍色水銀

壹：失意商人

一間將近兩百坪的辦公室，約五十個座位，不過都沒有人，所有的辦公桌上都是空的，就算有，也只是幾張揉成一團的衛生紙，還有堆積成山的帳單，或是空的紙杯跟寶特瓶，辦公室的最深處，是一間十坪左右的個人辦公室，桌上只剩下一個髒亂的煙灰缸，裡面幾十隻菸頭，坐在椅子上的是一個四十多歲的中年男人，肥頭大耳，身穿黑色西裝、白襯衫、咖啡色皮鞋，還挺著一個大肚子，他深深地吸了一口菸，愁容滿面地看著會計給他的損益表，最後一行是虧損共計三千五百八十四萬元，當然，數字是顯示到個位數，不過那已經不重要了。

三個小時之前，辦公室的情形不是這樣的，所有的員工還是很認真的在工作，完全不知道接下來會發生什麼事？忽然間闖入十多個黑衣年輕人，每個都手持木棒或棒球棍，帶頭的大哥，頂著光頭，年約四十，身穿白色背心，露出鬼頭刺青，腳踩沙灘鞋，這樣的場面，員工沒人敢吭聲，黑衣年輕人全都進了大辦公室，接著董事長特助就走出辦公室，要求所有員工先回家，等待消息。

「江董，你很沒意思，電話不接，明明在公司，還要總機說謊，說你在醫院檢查身體，不方便接電話。」光頭大哥有備而來。

「亮哥，您大人有大量，什麼風把您吹來的？」但江董可是見過世面的，他似乎不怕這群人。

「北風，北風北，麻將打玩了，該結帳了。」

「支票不是已經給亮哥了？」

「哈～～～」亮哥一陣狂笑，一個眼神看著其中一個小弟，那小弟二話不說，直接一棍敲在江董的右小腿上，江董直接跪倒在地上。

「支票真的已經給亮哥了啊！」江董雖然腳很痛，但似乎還在隱瞞著什麼？

「自己看吧！」亮哥拿出一疊支票，全都是被退票的空頭支票。

「你想怎麼樣？」江董這下總算認帳，不再耍賴。

「我只要錢，可是你已經沒有現金，房子都拿去抵押了，現在只剩外面那些電腦、辦公桌椅還值點錢，你該不會把賓士也拿去當鋪了吧？我剛剛在地下室沒看到你的車。」

「亮哥說得沒錯，我已經山窮水盡。」

「既然是這樣，小龍，叫二手家具的陳老闆上來，請他估一估價格，看什麼時候可以來搬，電腦叫兄弟們搬回去。」

「亮哥，一共是十三萬。」陳老闆按了計算機後說。

「幹，這麼少？」

「不少了，如果是別人收，我保證十萬不到。」

「算了，趕快搬一搬，不要被銀行搶先一步了。」

「我明天早上來搬大樣的，小件的先搬。」

「江董，你聽到了，等等把鑰匙給陳老闆。」

「在這裡。」江董遞出鑰匙。

「剩下的兩百四，你打算怎麼處理？」亮哥問江董。

「不是兩百？」

「這些票已經跳兩個星期，你自己說要兩個星期才能籌到錢的，四十是利息，不過份吧！公司的規定違約是罰八十，但我們合作這麼久了，我已經幫你省了一期的利息，你應該要感謝我才對，怎麼還懷疑我？」

「謝謝亮哥。」

「先不要謝，公事公辦，麻煩你簽十二張各五十萬的本票，日期不要押。」地下錢莊的規矩，賴帳無法還的話，就得簽本金三倍的金額，而且分開，這樣可以變成十幾個債權人，避開警方的追查。

貳：應召女郎

她是個身材曼妙的美女，至少在燈光昏暗時是這樣，她一如往常地坐在一部三菱轎車的後座，在等紅燈的時候補妝，確定自己的樣子在最佳狀態。

「小雲，很美了，還畫？」前座的司機說。

「小李，跟你說你也不懂的。」

「等等要載妳回去嗎？」

「不用了，說不定要戰到天亮？」

「這麼厲害？」

「你想太多了，我只是陪他聊天。」

「聊天就可以賺那麼多？」

「你也可以啊！我介紹你去韓國隆乳跟整形。」

「小雲，別開玩笑了。」小李苦笑著。

「那就少說兩句，別讓我不開心。」

「妳來早了。」別墅的門口，一個年約六十的男人開門。

「送你十分鐘不好嗎？」小雲開玩笑地口吻回答。

「你明知道，我只需要三分鐘的。」

「我們還要站在門口討論時間的事嗎？」

「是這樣的，我現在有客人，麻煩妳一小時後再來。」

「不早說！」

「對不起，臨時發生的，這是三萬，等我的電話。」

「好，等你的電話。」小雲接過一疊鈔票，拿起手機，將還在附近的小李召回。

「怎麼啦？」小李把車停好，搖下車窗問。

「客人有事，要我等他電話。」

「現在呢？」

「回家睡一會再說。」

「要不要在這裡等？車上睡不也一樣？」

「也好，說不定只要一下子！」

小雲坐到前座，將椅子放平，才一分鐘左右就進入夢鄉，她實在太累了，既陪酒也應召，這麼累完全是因為父親欠下的巨債，當年她不知道要拋棄繼承，才會落得如此下場。小李看著身旁的小雲，心中是萬般不捨，兩人是舊識，五年前，小雲剛進大學，兩人是大學同班，小李追求過她，就在熱戀時，小雲的父親自殺身亡，接著就因為財產拋棄繼承的事，搞得小雲只好下海賺皮肉錢，也中斷求學，當小李知道了這情形後，志願當她的司機，只收別人的半價，讓小雲每月可以多出將近三萬元，自己則辛苦度日，所以小李的心中還是愛著小雲的，只是小雲的債實在多到太可怕，還好只需再苦撐一年，此時，小李也累了，兩人不知道有多少的夜是這樣度過的？

「小雲啊！抱歉，今天別過來了。」不知過了多久，剛剛的男人打電話過來，是小李接的，男人沒確定就掛斷電話，感覺有急事要處理。

「小雲，起床了！」車子停在小雲的家樓下。

「我還想睡。」迷迷糊糊的小雲說。

「那我抱妳上床。」

「好，鑰匙自己拿。」小李對小雲的愛，小雲也知道，但她實在愧對小李，卻不知小李還對她抱著希望。

參：向上帝祈禱

夢醒時分，牆上的掛鐘顯示著十點四十，小雲被早上強烈的陽光跟熱度給叫醒了，在床上翻了幾次之後，她決定今天不賴床了，她雙腿盤坐著，閉上眼並雙手合十，口中念念有詞。

「上帝啊！我過得好辛苦，四年多了，我已經快崩潰了，我不想再被不認識跟不喜歡的男人碰我，我想當個成功的男人，賺大錢，還可以幫助許多人，阿門。」

而另一個房間裡，江董一夜未眠，就在完全相同的時間，江董也向上帝祈禱，他紅著雙眼，泛著淚光，微微顫抖地對著天花板說話。

「上帝啊！我過得好辛苦，我辛苦了大半輩子，卻因為不小心沉迷在賭博中，半年就輸光所有財產，還負債幾千萬，我想變成一個身材曼妙，臉蛋姣好的年輕女郎，這樣我就可以靠身體去賺錢，還清我的債務，甚至翻身。」

兩人同時向上帝許願，接著小雲做了起床該做的事，煎了一顆蔥蛋、一塊牛肉漢堡排，泡了一杯無糖黑咖啡，這是她維持身材的祕訣，吃早餐的同時，打開非凡電視台，把該吸收的金融話題消化，這就是為什麼客人喜歡跟她聊天的原因，她總是能把金融走勢說得很精準，其實她只是長期追蹤一些分析師，把他們的分析記錄下來，然後事後驗證，最終得到幾個較為準確的分析，這樣她就可以侃侃而談，彷彿自己也是分析師。

下午一點，小雲把自己梳洗乾淨，開始上妝，等待不知名的男人撥出電話，透過仲介的大姊，得到收入，但今天的她沒有等到任何電話，彷彿上帝真的聽到了她的祈禱，不再被不認識跟不喜歡的男人碰她。當晚，她去酒店陪酒，遇上了擴大臨檢，整晚都沒客人，接著來了一個生意人，她被指名去陪酒，但生意人不喝酒，他是來聽意見的，風度翩翩的生意人，遞出了名片，是一家螺絲加工廠的總經理。

「高董，您好，要喝什麼酒？」

「叫我高明就好了，小雲，今天不喝酒，我是來聽妳的意見的。」

「我不懂？」小雲一頭霧水看著高總經理。

「我有幾個客戶都說妳對財經蠻懂的，我希望妳給我一點意見。」

「開玩笑的吧？」小雲一臉疑惑。

接著高明說他的客戶聽了小雲的建議，買了那些股票賺到大錢，又說根據小雲的建議，改變了管理、廣告、銷售的方式，結果業績增加三倍，小雲這才想起，高明說的這幾個商人，每次都是來聊財經，不是來喝酒的。

「現在的金屬價格在低檔，高董如果資金足夠的話，可以多進一些材料，以免大漲之後，成本增加，利潤減少。」

「妳果然沒讓我失望，居然知道金屬的價格。」

「略懂而已。」

「不，妳太謙虛了，我請的財經專家都勸我保守應對。」

「說不定他們是對的？」

「別說這個了，妳覺得我要繼續做低價的螺絲？還是要接一些高價的訂單？」

「那要看高董的企圖心，還有資金有多少了？」

「錢不是問題，我爸留給我的超過十億，至於企圖心？一年賺個三五億，然後公司上市，賺更多。」

「給我一點時間準備，我會給高董滿意的答案的。」

「好，我等妳，股票呢？」

「股市的指數在高檔，買些還沒漲到的股票吧！鋼鐵股不錯，中鴻現在不到十元，有機會衝到五十。」

「還有呢？」

「航運三雄，長榮、陽明、萬海，這三檔都有機會大漲十倍以上。」

「這麼厲害？」

「買看看吧！不會害你的。」

兩人聊了約一小時而已，高明就說明天要開會，於是先回去了，小雲等到凌晨一點都沒客人，她今天的收入只有一點點，但卻覺得很棒，因為今天都沒有遇到不喜歡的男人碰她，高明更是非常尊重她，從頭到尾都是面對面在說話，長相也是她可以接受的那種。

肆：身份對調

或許，上帝真的收到了他們的祈禱，也觀察了一天，就在第二天早上，小雲跟江董在醒來的時候，都被自己嚇到了，因為她們都不知道身處何處？他們並不知道自己的身分跟別人對調了，連忙找到浴室，一臉徬徨地望著鏡中的人，這真的是自己嗎？

江董看著自己素顏的樣子，覺得還不錯，但總缺了什麼？走到梳妝台前，發現許多化妝品，但從未化妝的自己，該怎麼辦呢？這時電話響了，是應召站大姊打的。

「小雲啊！準備出門了，有客人要包妳三天。」

「什麼？」

「妳不是小雲嗎？聽妳的聲音是小雲啊！」

「我是。」江董心虛地回應。

「那就快準備三天的衣物啊！」

「可是我忘了怎麼化妝。」

「忘了？」

「妳開玩笑的吧？」

「是真的，剛剛起床後，我發現忘了好多事。」

「這樣啊！？我叫小李載一個女生去教妳。」

「好啊！麻煩妳了。」江董掛掉電話，開始翻小雲的證件，這才發現自己變成了洪如雲。

而小雲則變成了江董，髒亂的客廳茶几，上面全是啤酒空罐，還有幾個紙袋，是昨晚的鹽酥雞跟百頁豆腐，但已經餿了，她躺在沙發上，渾身不舒服地睜開雙眼，平常已經習慣在別人家裡醒來的她，並不覺得奇怪，迷迷糊糊地找到了廁所，習慣性地坐在馬桶上，這時她發現怪怪的，拿了衛生紙想要將私處擦乾淨，這才發現自己變成男人了，連忙站起來，不敢置信地看著鏡子裡那張陌生的臉。走回客廳，茶几上面竟然有個錢包，小雲打開一看，身分證上的照片不正是自己嗎？名字就叫江勝雄，已經四十三歲，她又翻到一張名片，就是已經被搬空的公司，她決定去看看。

當小雲到了公司才發現什麼都沒有了，只剩下一地的紙屑，這時特助出現了。

「謝天謝地，江董，你終於肯出現了。」

「你是？」

「我是你的特助，秦志華啊！你該不會裝失憶吧？」

「我一覺醒來，就什麼都忘了。」

秦志華一五一十地把公司最近的事全告訴小雲。

「三千五百萬？」小雲大聲地質疑。

「對！」秦志華點點頭。

「上帝啊！你跟我開玩笑嗎？我是想當個成功的男人，不是破產的男人。」小雲對著天花板說。

「江董，你是不是身體不舒服？」秦志華覺得怪，但說不出個所以然。

「沒事，你有車嗎？」

「有啊！」

「載我去工業區，找一家公司叫做新同鋼鐵。」

「這家我知道，走吧！」

伍：商場得意

「高總，有個男人說是小雲的表哥，在會客室說要找你。」高明的秘書說。

「帶他進來，去準備兩杯咖啡。」

「是。」

「高董你好。」小雲見到高明立即打招呼。

「還沒請教？」

「我是小雲的表哥江勝雄，聽小雲說高董想投資中鴻跟航運三雄，還有希望您的公司能夠上市。」

「她這麼快就告訴你了？」

「我們兩個住在隔壁而已。」

「所以，是小雲請您過來指導我的？」

「不敢，給點建議而已，方便參觀一下嗎？」

小雲很仔細地記錄下了問題，也立即給高明建議。

「沒想到江先生這麼厲害，把公司的十二項大問題給點了出來，想必您也是個大老闆吧！」

「不敢，只是個董事長特助而已。」

「難怪！難怪這麼仔細。」

「這是我的電話，如果還有問題的話，我們再連絡。」

「江先生有急事嗎？不如喝杯咖啡，一邊聊改善計畫。」

「也好。」

高明發現這個表哥也太厲害了，他跟小雲聊到的部分全都記得，並都給了非常棒的建議。

「我有個想法，江先生聽看看。」

「請說。」

「我想把業務部門關閉，另外獨立成為一家貿易公司，您覺得如何？」

小雲心想，名片上印的就是百勝國際貿易公司，應該不會太難，有問題就找秦志華。

「很好啊！公司可以專注生產，訂單就由貿易公司來負責。」兩人又談了許久。

小雲離開後，才上了志華的車，電話就想起。

「江先生，我希望把貿易公司交給你負責，不知道你是否願意？」高明問。

「你確定？」

「非常確定，你一定可以勝任的。」

「好，都交給我吧！」兩人就這樣又聊了幾分鐘。

「志華，我們公司是做那些項目的？」

「主要是五金進出口。」

「很好。」

「準備上班吧！」

「你在開玩笑嗎？你還欠員工薪水好幾百萬。」

「沒開玩笑，剛剛那個是新同鋼鐵的總經理，他要我成立貿易公司，進口原料、出口成品、擴大市場範圍，我估計需要十五到二十個員工，也許更多。」

「好，我會幫你找回你需要的人才，希望這次能夠翻身。」

很快的，被搬到空蕩蕩的辦公室，又恢復到昔日的榮景，三十多個員工，而他們也發現江董變了，變得很積極，也很想拓展海外市場，跟原來的江董判若兩人，他們領到的獎金，也比以前多很多，因此全都使盡全力，順利拿下了許多國外的訂單，而航運三雄的飆漲，讓高明賺了十幾億，他拿了兩億給江董，要他轉交給小雲。

「好，我會交給她的。」

「希望這些錢，可以讓她從良，不用再陪酒了。」

「你拿這麼多？是賺了多少？」

「中鴻兩億五，航運三雄十四億。」

「真有你的。」

「你也很厲害啊！去年業務部讓公司賺三千萬，你只花了八個月，就讓公司多賺四億，我打算給你一億，另外五千萬當員工的獎金，五千萬擴充你要的。」

「擴充只要一千多萬就夠了。」

「沒關係，多的給你買車、買房。」

「那就先謝謝高董了！」

「自己人，客氣什麼！」

陸：借酒澆愁

而變成小雲的江董，發現自己變成了應召女郎後，還欠了八百萬的巨債，整天愁容滿面的，而小李似乎也已經發現，眼前的女人，靈魂不是小雲的。

「小雲，不，你到底是誰？你不是小雲，對吧！？」

「沒錯，我不是小雲，我只是寄生在她身體上的靈魂。」接著江董說了一堆自己的過去，當然也包括幾千萬的債務。

「難道你不想回去看看？」

「不了，我沒臉見員工，也沒臉見我的前妻小嫻。」說完便拿起他平常愛喝的台灣啤酒，一口氣就喝光一瓶。接著又拿起一瓶，直接往嘴裡灌，小李見狀不知所措，只好任由他自暴自棄。

「小李，我知道你還愛著小雲，可惜我已經不是小雲了。」

「愛又怎樣？我除了載她去接客，我什麼忙都幫不上！」

「年輕人，陪我喝幾杯，好嗎？」

「好，是該喝醉的時候了。」

兩人不再對話，喝光了桌上十二瓶啤酒，兩人都醉了，江董依偎在小李身上，等他們醒來的時候，已經是隔天中午。

「今天要上班嗎？」小李問。

「我那個來了，可以幫我買衛生棉嗎？我不知道要用那一種的。」江董說。

「好，我現在就去，你可以用這個頂一下。」小李從抽屜中拿出一片最薄的衛生棉。

浴室裡，江董脫去衣物，內褲上跟大腿上全是血，他的心情非常不安，決定等等上網尋找如何化妝、穿著等的影片，認真的把小雲找回來，畢竟原本是負債三千多萬的，現在只剩下八百萬，已經很幸運了，何況是自己跟上帝祈禱的，上帝也回應了，所以自己才會來到這裡。

柒：不期而遇

為了拿下龐大金額的訂單，小雲決定親自出馬，在自己從前陪酒的酒店，招待準客戶。就在跟高明初次相遇的那間包廂，熟悉的場景，不一樣的身分與外表，小雲跟準客戶聊了幾分鐘之後，生意已經差不多敲定，此時四個陪酒的女人進入包廂，其中一個就是變成小雲的江董，但她已經醉醺醺的，小雲把她安置在自己身旁，讓她好好休息，直到兩個多小時後，小雲找了志華將客戶送至飯店，自己則是買了江董出場，載回江董原本的家，並把她抱上自己的床上，看著自己的身體睡在床上，這種感覺真的很怪，所以小雲趕緊去洗澡，一切都明天再說了。

再一次的夢醒時分，江董張開眼，一切都是那麼熟悉，只是有部分的東西增加了，但不對啊？自己已經變成小雲了，怎麼會在江董的家出現，她連忙起床照鏡子，確認自己是小雲的外表，接著她走向廚房，一個男人正在煎兩顆蔥蛋，餐桌上兩塊牛肉漢堡排，兩杯無糖黑咖啡。

「妳醒了。」小雲以江董的身體跟江董說話。

「你？怎麼在我身體裡面？」江董問。

「所以你是江勝雄？」

「沒錯。」

「我是洪如雲，我想，上帝答應我們的祈禱，我們的靈魂因此互換了。」

「你怎麼能這麼冷靜？」

「我昨天晚上在酒店就猜到了。」

「酒店？你是我的客人？」

「是啊！當時你已經不省人事，所以我把你帶回來了，對了，今天別上班了，把小李找來，看要怎麼過以後的生活。」

「小李？」

「對啊！他為了我已經委屈了五年，該給他一個交代了。」

「你不想恢復身分嗎？」

「不想，我不想再當女人了，我猜，你向上帝許願，說要變成身材好臉蛋漂亮的女人，對吧？」

「還多了一樣，這樣就可以靠身體陪酒了。」

「難怪，難怪你會跟我的靈魂對調。」

「可是，我不是負債幾千萬，上帝怎麼會讓你變成我？這沒道理啊？」江董疑惑地問。

「以後再慢慢說吧！你喜歡我的身體嗎？」

「喜歡啊！男人都會盯著我看。」

「那就對了，我們不用再向上帝要求換回身體了。」

「可是，那些債務呢？」

「放心，我變成你之後，賺了不少錢，這些是你的。」小雲拿了一本銀行的簿子、印章、金融卡給江董。

「一二三四五六七，八個零？兩億？」江董看著上面的數字懷疑地數著。

「對啊！懷疑嗎？」

「地下錢莊、積欠員工的薪水、廠商貨款呢？」

「都搞定啦！」

「你厲害！才多久的時間就賺這麼多錢，我還是當女人好了。」江董豎起大拇指，由衷地佩服。

「別拍馬屁了，吃早餐吧！」

捌：脫離苦海

「今天怎麼這麼早？」小李一進門就問。

「你來啦！小李。」小雲說。

「你是？」

「我是小雲，應該說是小雲的靈魂，江董的身體。」

「這麼久沒聯絡了，來做什麼？」小李似乎不高興。

「生什麼氣，我是來幫江董脫離苦海的，我已經給他兩億現金，如果你喜歡的是我的靈魂，可以到公司當我的特助，如果你喜歡的是我的身體，可以追求江董啊！當然，你也可以兩樣都選。」

「等等，我可沒說要給他機會喔！」江董插嘴說。

「怎麼？小李無微不至的照顧你，你竟然不給他機會？」

「我兩樣都要。」小李的表情相當篤定。

「你瞧，還是我最懂他了。」小雲得意地說。

「看來我沒得選了。」江董失落地說。

「有人愛是很幸福的，我現在雖然事業有成，不過孤零零的一個人，挺寂寞的。」

「你可以把我的前妻找回來啊！她很漂亮的。」

「不好吧？」

「害羞什麼？這是她的地址跟電話。」

「我要考慮考慮。」小雲說完便轉身離去。

「她就這麼走了？」江董說。

「小雲就是這樣的個性。」

「你很愛她？」

「對啊！我等她五年了。」

「這麼久？」

「我可以一直等下去。」

「開什麼玩笑，再等都老了。」江董起身，從小李身後抱住他，吻她的臉頰，輕撫他的身體，讓一切該發生地都發生了。

「你不介意我的過去嗎？」兩人赤裸著上身，躺在床上。

「我是真心愛小雲的。」

「可是，我的內心並不是小雲。」

「那已經不重要了，過去那個小雲不會回來了。」

「你怎麼這麼篤定？」

「我太了解她了，她要的就是現在的樣子，可以全力揮灑她的才華，並掌控她想要的一切。」

「那你應該去當她的特助，讓她沒有後顧之憂。」

「我會去的，遇上你們兩個，是我這一生中最特別的際遇，我不想錯過任何一人。」

「我可以跟著去嗎？我不想一個人在家。」

「如果小雲答應就可以啊！公司本來就是你的，只不過是被小雲救回來了。」

「話雖如此，我還是覺得不要去干涉她的事。」

「沒要你干涉啊！我們是去幫她，別讓她孤立無援。」

「也很，彼此有個照應，而且，她可以更加投入，把小事都交給我們。」

「我就是這個意思。」

貿易公司多了三個人，江董的前妻小嫻、小李、江董，這麼複雜的四角關係，會不會變回原狀？小雲跟江董回到原來的身體？還是會照現況一直下去？沒人說得準，說不定哪天他們反悔了，又向上帝祈禱，上帝說不定會答應，誰曉得？

「小嫻，我有話要告訴妳，我希望妳能冷靜地聽完，然後再決定是不是要跟我在一起。」小雲說。

「說吧！我洗耳恭聽。」

「江董，你說好了。」小雲忽然改變主意。

江董一五一十地說了事情的經過，小嫻除了張口結舌，一句話都沒插嘴。

「怎樣？這樣的我，妳能接受嗎？」小雲問。

「我要考慮一下。」

「考慮什麼？他現在身價好幾億，妳還想回去過苦日子嗎？」江董說。

「你說什麼？幾億？我聽錯了嗎？」小嫻張大著眼看著小雲。

全文完

這位妹妹有點瘋

文：語雨

語 雨

　　蜀樂高中是忠元市最頂級的升學高中，在台灣也是名列前茅，有許多外縣市的學霸、秀才會特地來就讀，以利在考大學的戰爭中取勝。

　　而在最頂尖的學府中，最優秀正是兩名男學生，此時他們並肩走在上學的路上，沐浴在充滿羨慕和憧憬的同校學生目光中

　　長相敦厚，表情和藹的學生是羅渡云，此時他正展露出溫和的笑容，向人打招呼。

　　「忠軍，向那些女生揮揮手，說不定她們會尖叫呢。」

　　「渡云，你這傢伙當自己是哪來的偶像？」

　　另一名男學生長相端正，戴著無框眼鏡，散發知性的氣質，他的名字是關忠軍，羅渡云的死黨，臉色說不上親切，有點不好靠近。

　　羅渡云從入學開始，從未讓出學級榜首，在學力測驗中更是屢進全國前十名，為人平易近人，在學校很受歡迎，成績緊追在後的是秀才關忠軍，性格嚴謹，行事踏實，在校外比賽屢創佳績，是名能力傑出的學生。

正當兩人一面聊天一面走進校園，卻聽到校舍後傳來吆喝聲。

「那個笨蛋！」

關忠軍的臉色登時難看起來，小跑步往前，羅渡云跟了上去。

一接近校舍後，學生人潮洶湧，兩人費了一番功夫才擠向前，只見一張桌子擺在校舍後，桌後站著一位俏麗短髮的女學生，此時她將毛巾綁在頭上，另一手拿著敲打加油棒當作大聲公大喊：

「來唷，羅渡云和關忠軍的筆記影印本熱騰騰的出爐了，兩位都是模擬考全國前十名，煩惱功課不好的你只要買下筆記，成績就可以突飛猛進，不只是考試，樂透彩，找女朋友，有買有保佑！數學筆記只要兩百元，全部科目一起買還享有折扣，數量有限，要買要快！」

能得到兩位榜首的筆記，那群學生還不狂熱的擠向前，那位俏麗短髮的女學生生意興隆，收錢收得眉開眼笑。

羅渡云見狀捧腹大笑，關忠軍臉色鐵青，撥開人群衝到那個女學生面前。

「這位帥哥不可以插隊……啊啦，老哥？好痛——————！」

下一瞬間，鐵拳直接捶在女學生的小腦袋瓜上面，女學生小手抱著頭，淚眼迷濛的抗議：「臭老哥，竟然用全力打，要是害我變笨怎麼辦？」

「放心，再怎麼樣都不會比現在還要笨！」

「過份！老哥想暗示我是笨蛋嗎？」

「暗示？只有笨蛋才會對笨蛋暗示，我明明白白告訴你，你是個笨蛋！」

關忠軍雖然嚴以律己，嚴以待人，但穩重成熟，幾乎沒見過他大聲怒吼或動用暴力。

唯一的例外就是妹妹關希兒，同樣生有清秀的相似面孔，從外表來看也是個美人，可是她自由奔放、不拘小節，而且行動力超群，只要有異想天開的想法馬上付諸於行動，是讓哥哥頭痛不已的妹妹。

「啊啊，別走，你們別走……我的鈔票！」

看見關忠軍已經生氣，知道接下來沒戲了，人群逐漸散開，關希兒大喊數聲後沒用，轉而瞪向親哥哥：

「哥哥笨蛋！知道我影印花多少錢嗎？這下連成本都收不回來了。」

「少囉唆！擅自把哥哥的筆記拿去賣，還把同學稱作鈔票，真想看看你父母是長什麼樣子！」

「想看的話回家就看見了，你這個北七哥哥！」

「好了好了，早自習的時間已經快過了。」

兩人越吵越烈時，羅渡云終於笑夠了，在此時介入。

「渡云你也是被害……」

「我不介意筆記被影印，如果有人因此成績進步，我也會很高興，而且就像希兒說的，影印這些也是要錢要時間的。」

見有人幫自己說話，關希兒美目一睜，笑道：「就是說嘛，哥哥你是活在夢想的國度嗎？收個錢有什麼大——」

「希兒，別轉移焦點，這樣很狡猾，明明知道你哥哥為什麼生氣，吶，是不是應該對哥哥說些什麼？」

「唔……」關希兒沉默了半餉，才用心不甘情不願的口氣開口：「哥哥，對不起，我未經同意，就用老哥和渡云哥的筆記本賺錢。」

「乖孩子，這些收拾一下，算一算多少錢，回頭再跟同學一起收，多的錢就當作跑腿費。」

「渡云。」

「好啦，我說的是實話，早自習快要遲到了，我們走。」

推著臉色還不滿的關忠軍，羅渡云向關希兒眨眨眼，關希兒報以含糊的微笑，開始收拾一切。

「沒事沒事，很有趣不是嗎？」

「我覺得一點都不有趣……明明是兄妹，那笨蛋到底在哪裡長歪了？」

「哈哈哈，太嚴苛了，她是我見過對自己最誠實的女孩，就跟你一樣，你也是寧願得罪別人也不肯扭曲自己，很相像呢。」

「完全不一樣好嗎？這家伙一點常識都沒有。」

「對了，你妹妹中午告訴我，你爸媽又出差了吧？」

放學後的路上，關忠軍再次向羅渡云道歉，渡云說了幾句就轉移話題。

「那個笨蛋又想要蹭飯嗎？」

「好啦，反正你們也有出錢，我一個人吃飯也很無聊，吃飽飯後，我們來玩一下電動吧。」

關家兄妹屬於雙薪家庭，父母都有工作，在當今社會平時稀鬆，兩人隸屬同一家公司，常常一起出差，一次出差就是十天半個月，而羅渡云的家庭情況也差不多，母親時常不在家，不過唯一的不同，羅渡云從國小就開始掌廚，比起總是吃外食的關家兄妹，廚藝不知道精湛了多少。

「渡云哥買了好多東西過來，有牛肉和生麵耶……該不會要做拉麵，萬歲！渡云哥的拉麵最好吃了。」

「沒看見你哥哥在這裡嗎？」

「你什麼時候回來的？我都沒看見耶。」

去超市買了好幾天份量的食材後來到關家玄關，關希兒迎面上來，樂呵呵幫忙提物，把自家老哥晾在一旁，羅渡云看了忍不住失笑。

三人說說談談，一起在廚房內料理食材，過不了多久，香味飄散而出，希兒情不自禁的深吸一口氣，和兩位男生端著大碗公一起到餐桌上。

「我開動了，好燙！」

希兒迫不及待的夾起一大串麵條來吃，當下燙得滿嘴生疼，張嘴呼呼想吹涼口中的麵條，看起來十分可愛。

「希兒吃得真香。」

「人家最喜歡渡云哥的料理了。」

「這傢伙是個貪吃鬼，爸媽一出差就馬上告訴渡云，光想著蹭飯。」

「沒關係，我喜歡和你們一起吃飯。」

在說話間，希兒連湯都很光了，呼了一口大氣，紅通通的臉頰看起來十分豔麗，渡云微笑的看著這幕光景，見狀希兒噗哧一笑，摸了摸臉頰，害羞的說：「嘻嘻，這樣一起吃飯，好像一家人喔。」

「免了，多一個妹妹實在太煩人了。」

「什麼多一個，我本來就是你的親生妹妹吧！」

見兄妹倆又開始日常鬥嘴，渡云不禁笑出聲音。

翌日早上，希兒有凌晨的打工，所以率先一步出了家門，在關家過夜的渡云和忠軍一起吃了早餐，搭了公車，走進校門，才接近校舍，又聽見熟悉的吆喝聲。

「來喔，來喔，學校兩大男神的睡顏大拍賣，昨晚才以各種角度拍攝，火辣辣熱騰騰的新鮮出爐豔照，買下來可以擺在床頭趨吉避凶，有買有保佑，現在買全套的話，還附贈因為玩瑪莉歐賽車太激動，撞到桌腳小指摔倒的蠢蛋哥哥照片！這可是難得的稀有鏡頭，錯過這一次，不知道等到何時！」

「噗哈哈哈哈哈，小希兒真厲害。」

「那個……那個完全沒有反省的大蠢蛋啊啊啊啊啊！」

「這位仁兄插隊不行……啊啦，好痛————！」

在渡云捧腹大笑聲和關忠軍的怒吼聲中，蜀樂高中全新一天又是熱鬧的開始了。

「學校最近過得開心嗎？」

剛進餐廳，渡云神色驚訝，畢竟看見母親在上學前悠哉的在家中吃早餐是很難得的事。

渡云的母親——孫繭是職業婦女，個性強悍、精明能幹，在與丈夫離婚後，獨自拉拔孩子長大，是渡云十分尊敬、並引以為榜樣的對象。

渡云努力做起家事，也是想讓母親少點負擔，母子的感情絕對不算差，只不過因為孫繭的工作忙碌，早出晚歸，所以交流比較少而已。

「很開心啊，認識有趣的朋友，媽媽呢？看、看媽媽一直很忙的樣子，工作很開心嗎？」

「工作沒什麼開不開心的……對了，最近事務所又接了一個大案子，又要忙起來了，這個家就拜託了，一直以來都辛苦你了。」

「沒事的，我也知道媽媽很辛苦，不過三餐還是要正常吃。」

「嗯，有兒子做的便當，再忙我都會吃光光的。」

孫繭笑了，提起公事包在玄關等了一會兒，又開口說：

「渡云，媽媽沒有要求你變得這麼優秀，不用這麼努力也沒問題喔。」

「沒有勉強，因為我喜歡挑戰。」

「嘻嘻……你果然是我的孩子。」

與母親道別，搭上公車，心想著今天的行程，這時渡云的肩膀被搭住了，對方開口說：「有什麼好事嗎？一臉高興的樣子。」

聽聲音就知道是好友關忠軍，渡云不禁摸摸臉，原來被母親說了很相像，自己竟然這麼開心……

「忠軍，我……誒？你的臉怎麼了？」

轉頭一看，只見好友的眼鏡纏著膠帶，看起來斷過一遍，額頭貼著 OK 蹦，嘴角還有瘀青。

「沒什麼？跟那傢伙吵了一架。」

「這次吵得很凶。」

「那傢伙她……她……」

忠軍欲言又止，恨恨的轉過頭，渡云只是微微一笑，以為這只是例行的兄妹吵架，沒有再過問，然而，希兒那一天整日都沒來上學放學後，搭公車回家，見熟悉的身影蹲在家門前，渡云走近說道：「今天又蹺課了，小心留級喔。」

「渡云哥，我離家出走了，讓我住幾天。」

「啊？」

『兒子，案子比想像還要棘手，這幾天回不了家，家裡就拜託你了。』

「媽媽，等一下，忠軍的妹妹希兒離家出走，現在要住在我們家。」

『是那個短髮的可愛女孩嗎？沒關係，媽媽相信你會好好照顧人家的，但是，如果對人家出手就要負責到底喔。』

「媽媽在胡說什麼啊？我是說……」

『現在很忙，下次再聽你說——』

在手機對面向某人怒斥後，電話就切斷了，渡云抬頭望著天花板一會兒後，向希兒說道：「我先打電話給你哥哥。」

「不要！」希兒抱住渡云的手臂，緊張又憤怒的說：「哥哥絕對會衝過來把我帶回去，我不想再見那個人了。」

「我……我知道了，不過我還是要打電話。」

「渡云哥！」

「但是我答應你，絕不會讓忠軍過來好嗎？」

渡云用認真的表情凝視希兒，希兒遲疑一會兒，點點頭，渡云微微一笑，摸摸她的小腦袋瓜，拿起手機打電話。

『希兒在你那裡嗎？太好了，我擔心死了，現在立刻過去。』

「別這樣，她情緒很激動，你來的話她又會跑到別的地方去，到時就不好找了。」

『這……好吧，待在你那邊，我也比較放心。』

電話中的忠軍幾經猶豫，終於答應了，渡云不禁慶幸有平時累積的人德，兄妹雙方都肯聽幾句，這時咕嚕嚕的聲音傳來，只見希兒紅著臉摀住肚子。

「你該不會從早上就沒吃吧？」

「因為太生氣了，所以沒拿錢包出來，又不想回去見哥哥。」

「好吧，今晚做好料的。」

「萬歲！我最喜歡渡云哥了。」

船到橋頭自然直，渡云心想著，直接走向廚房，此時的他都沒想到這場兄妹吵架後來會演變成一場這麼大的騷動……

第二天上學，忠軍苦惱的向渡云道歉，渡云也只是笑笑而過，說了希兒的狀況，忠軍總算是稍稍放心了。

渡云以為這場兄妹吵架很快就結束，但是日子一天又過一天，希兒仍然沒有和好的打算，忠軍耐不住性子，好幾次就要到渡云家接人，不過總算是被勸阻了。

「渡云哥為什麼都不問呢？」

「問什麼？」

「就、就是問為什麼我跟老哥吵架。」

「希兒想讓我聽時，自然會告訴我不是嗎？」

坐在沙發的希兒聽了不禁抱住雙腿，將小臉埋在膝蓋中。

「渡、渡云哥就是這種地方狡猾。」

「咦？為什麼？」

「我、我不知道啦。」

看著希兒紅著臉躲進房間內，渡云不禁心頭一陣搔癢一陣溫暖。

翌日。

今天是星期一，也是關家兄妹吵架第五天。

渡云搭上往常班次的公車，察覺到有點不對勁，又說不出哪裡怪，這種違和感直到下了公車還沒有消失，走進校門口，看見有人在竊竊私語，上課時學生都心不在焉，直到下午第二節課時，廣播響起來了。

『現在是校園廣播，請二年一班羅渡云同學，立刻到校長室來。重複一遍，請二年一班羅渡云同學到校長室來。』

全班目光都朝向渡云，授課老師示意他可以離開，渡云起身打開門扉出去，正往校長室的途中，忽然見忠軍迎面上來。

「不好了！」只見忠軍跑得氣喘吁吁，用著緊張的語氣說：「希兒跑去住你家的事被知道了，今天學校都在傳！」

「啊，難怪，今天老是覺得哪裡怪，原來是跟我打招呼的人變少了。」

「為什麼你還可以這麼輕鬆？不對，這是我們的錯，我們連累了你……」

「冷靜一點，我們又沒有做壞事，雖然沒你這麼可靠，但是怎麼說我也是老師眼中的優等生，沒事的，解釋幾句就好，他們會相信我們。」

「我、我也要跟你一起去。」

忠軍推了推眼鏡，臉色仍然不好看。

渡云和忠軍走進校長室，校長就坐在內室大方桌前，旁邊坐著一位有些年紀的女老師，渡云認得那位是訓導主任——曹桃燕。

蜀樂高中的校長個性溫和寬厚，而曹桃燕主任就不同了，生性苛刻，不忌諱用權力壓人，學生們沒有一個人喜歡這名訓導主任。

校長一副氣定神閒的模樣，見多了一個人也不過問，請了秘書泡茶，再用和氣的語氣請他們坐下。

「我們聽見了一些傳聞，所以才請渡云同學過來。」

「那是……」

忠軍剛想要說什麼，被渡云按住手，讓他先聽校長講下去。

「我們也知道你們交好，到對方家玩是常事，不過聽到傳言……」

「校長，您太囉唆了……羅渡云，我這邊就開門見山的問了，你是不是趁著家長工作外出這段時間，跟離家出走的關希兒同居。」

「咦？說是同居太離譜了，其實——」

渡云聽了一愣，正要辯解時，曹桃燕提高音量說：「我並沒有要你解釋，我在問話，你只要回答是或不是就好了。」

「曹主任，這種問法——」

「校長，這件事有關校譽，羅渡云同學是全國模擬測驗前十名，也代表學校參加比賽，已經是代表學校門面了，必須問清楚才行。」

「羅同學是小孩子……」

「就算是小孩子……不，就因為是小孩子敗壞風紀根本不會有所節制，我在訓導處這麼多年，看過多少孩子不懂收斂，什麼荒唐下賤的……」

「什麼問清楚，主任只不過想從我朋友得到自己想要的答案而已！」

越聽越是火氣上升，忠軍霍然站起來，怒瞪著曹主任大聲道。

「你、你對學校老師……對長輩是什麼態度！關忠軍你辦事牢靠，又服從老師，原本以為是個會辨別是非的學生……」

「從剛剛開始主任的說詞就對渡云和我妹有偏見，認為他們一定會做壞事什麼的，到底是誰是非不辨？」

「你……你……關忠軍……竟然這種態度……不

敬師長！我要記你過！還要把你家長請……請到學校來！」曹主任氣得面紅耳赤。

「那麼順便也請我家長來吧，到時候另外幾位老師在場比較好，因為我認為曹主任並不是能相談的對象……校長，您認為這樣好嗎？」

「羅渡云！連你也這樣不敬師長嗎？」

曹主任罵聲越來越高，校長苦笑幾聲說：「就這樣辦吧。」

「謝謝校長，曹主任，請盡快排出日期，我家媽媽因為工作日程關係，可是很忙的。」渡云淡淡的說著。

「等一下，我還有話要……」

不理會曹主任，渡云和忠軍起身行禮，頭也不回的離開校長室，直到離校長室老遠，忠軍才開口說：「搞砸了，渡云。」

「是啊，你搞砸了，我第一次看見你這麼頂撞老師。」

「閉嘴啦！你也是，說什麼工作日程的，完全就是在挑釁。」

「因為我想講的都被忠軍講完了，只好試著耍帥一下。」

說著兩人對視一會兒，忍不住哈哈大笑。

「搞砸了！不過我覺得好爽，堵得那老太婆說話結結巴巴。」

「你這傢伙明明進去前說什麼是老師的優等生，會相信你之類，這不是完全不相信嗎？噗哈哈哈！」

「還不是你先頂撞那老太婆才搞砸的，發起脾氣來比我大！」

那天放學渡云回到家，剛進家門，希兒迎面過來，顫聲說：「渡云哥，是、是我連累了你。」

「咦？你都知道了。」

心想大概是同校的朋友告訴希兒，渡云見希兒雙眼紅腫，已經哭過一場了，忍不住抬手為她拭去淚痕。

「都是我的錯……如果我不來找渡云哥的話……」

「希兒，我很開心你有困難時，第一個想到要來找我。別擔心，兵來將擋，水來土掩。」

渡云哥手搭在希兒的肩膀，語氣堅決的說：

「不管最後如何，我一定會站在你那邊，並且保護好你的。」

「噗嘻嘻……渡云哥好像故事裡面的男主角，而且這些台詞好老套……」

希兒又哭又笑，本來很內疚、很傷心，明明因為自己的任性，傷害真心對自己好的人，可是對方絲毫沒有介意，反而說要保護自己。

「渡云哥……我要回去了。」

希兒明眸恢復明亮，綻放著決心的光芒。

「是嗎？你哥哥那邊不要緊了吧？」

「雖然不是不要緊，不過現在有更重要的事要做。」

「是嗎？我知道了，雖然會很寂寞，不過我會支持你的。」

「渡云哥果然很狡猾……」

希兒聽了紅著臉鼓起臉頰，從那小嘴透出來的低語，沒傳進對方的耳朵。

婉拒渡云想要直接送回家的念頭，當晚希兒就搭公車回去了，渡云只能用著不捨的神色目送。

『兒子，校方通知我了，你真了不起，我會盡快排出時間過去。』

當晚，渡云的母親孫繭打電話回來，只說了幾句就掛斷電話，渡云不禁覺得有點愧歉，畢竟母親一向很忙。

翌日，希兒仍舊沒有來上學，忠軍沒有提，渡云也不問，只要得知希兒很平安就心滿意足。

校方和關家雙親，以及渡云母親幾經商議，終於排定了時間，那訓導主任曹桃燕在學校與關忠軍、羅渡云見面時，總會衝著冷笑一下，似乎胸有成竹會在這場家長會談中狠狠教訓他們，兩人自然不予理會。

這天是星期六，約定的日子終於來到了。

學校認為事關重大，特地安排在假日舉行家長會談，也照渡云提議的一樣，還有好幾位主任和老師在場。

幾位家長開車到學校，渡云此時終於見到希兒了，希兒臉色有些憔悴，在停車場打過招呼，就直接往舉行家長會議的行政大樓走。

訓導主任曹桃燕認為自己是學校秩序的守護者，她最討厭就是那些標新立異的學生，什麼自由的思想、靈活的創意對學生都是不必要的存在，學校就是訓練勞工的場所，高中的責任就是將一個個任勞任怨的勞工範本送入大學。

因此，作風突出的學生就是必須緊盯的對象，不合格的社會螺絲就必須把那些菱角削下來，將其打磨到跟其他的螺絲一模一樣才可以。

曹主任深信這種作法才是對學生最好的方式，在成人後才能在險惡的社會安頓成家。

因此當羅渡云和關忠軍入學時，曹主任就覺得兩人太突出了，但是偏偏表現傑出，找不出可以打磨削減的地方，因此雖然看不順眼卻無可奈何。

一年後，關忠軍的妹妹關希兒入學了，與傑出的哥哥完全不同，是個超級問題兒童，給人一種無所不用其極來爭錢的拜金女形象，就算狠狠訓斥也只是當耳邊風，在這所全是優秀玉石的升學高中竟然混入石頭，但是曹主任卻不怒反喜，感覺如獲至寶，如果利用這名學生，豈不是可以獲得打磨那兩顆玉石的機會嗎？

機會比想像中還來得早,關希兒發神經離家出走,選在羅渡云家中住，偏偏家長卻正好不在家，導致只有孤男寡女共處，聽見這消息時讓她欣喜若狂。

這次一定要狠狠的打磨那兩顆玉石，順便把石頭給扔出校園。

曹主任有點興奮的想著，宣佈家長會議開始。

這次會議校方有六位參加，家長有三位，學生也有三位，主持會議的人是訓導主任曹桃燕，她得意洋洋向雙方介紹，緊接著進入正題。

「這次討論的議題是本校學生關希兒趁著渡云家長工作不在家的期間住進羅家，並與本校學生羅渡云同居數天之久，此舉嚴重敗壞本校校譽，證據就在桌面上的影印檔內，請看十二頁……」

曹桃燕極盡能力說這次事件有多嚴重，不只是停學，退學也是有可能的，關家的家長聽了臉色一陣青一陣白，孩子好不容易考上本市最優秀的升學高中，要推薦進入台大也多幾分勝算，可是經過這次事件就算沒退學，只要是記過，要考上名牌大學也會化成泡影。

相比之下，羅渡云的媽媽孫繭專心看著桌面資料，根本沒在聽話，其他五位老師莫不作聲，想必早在開會前就看過資料了，只想聽對方如何辯解。

「請、請主任手下留情……我孩子……」

「當時我和校長傳呼那兩個孩子過來，想問清楚此事，兩個人還向我頂嘴呢，如果他們肯道歉的話，我還可以考慮一下。」

關媽媽愛子心切，出言懇求，聽見曹主任的話，趕緊用眼神示意兒子關忠軍道歉，關忠軍握住母親的手，只是不答話。

「很倔強呢，不過意氣用事對社會是不管用的，社會是蠻不講理的，有時分明不是你的錯，卻要替別人道歉。」

曹主任一副得意洋洋的模樣，假仁假義的說道：「當然，關媽媽也是可以的，只要讓我們看到誠意就行了……替兒子道歉吧。」

「閉嘴，欺負不了我哥就欺負媽媽，你這個欺善怕惡的老太婆！」

關希兒忍耐不住，對著曹主任怒吼，曹主任聽了沒惱怒，反而露出獰笑。

「完全沒有反省的樣子呢，關太太，我——」

「請、請等一下，希兒，拜託你！」

「媽媽，不要緊的……我已經不再是這個學校的學生，所有手續都在線上辦好了，也就是說，我跟這個學校的校規和校譽已經沒有關係了。」

「說什麼？這個傻孩子……」

一時之間，關家父母都驚呆了，老師們表情也是程度不一的驚愕。

曹主任本來的目的就是將關希兒趕出學校，現在不用多費一道功夫反而覺得很痛快，用輕蔑的眼神瞄了希兒一眼，說道：「即使如此，關忠軍和羅渡云仍然是本校生，不敬師長，以及與未成年少女同居的事實仍然不會——」

「對了，我也不是本校學生，昨天在學校網站上申請自主退學了。」

「真巧呢，其實我也是，舍妹做出這樣事情，我也需要負責。」

兩人有如閒話家常般在辦公室投下一顆炸彈，啪的一聲，資料夾掉在地上，曹主任宛如受到重重一擊，臉色刷得一下蒼白了，校長驚慌失措，幾位老師大叫大嚷，關家父母如石化般僵直，連話都說不出來了。

「快點查一下。」

「沒錯！兩位學生的退學申請都在線上了。」

校長和老師在筆電查證屬實，不由得發出慘叫，

在全國成績榜上有名，並且在校外比賽獲得各種出眾成績，光是在校就能增加校譽，是學校一種宣傳，反之，兩位傑出學生一起退學就連教育局都會盯上，

尤其身為在地最優秀的升學高中，要是蒙上督導不周的評價，校譽會受到重創，勢必會對明年招生有影響。

「你、你們為什麼這麼傻？這樣我退學不就沒有意義了！笨蛋，笨蛋！」

希兒又是震驚又是難受，敲打渡云的胸口低喊著，渡云露出溫和的笑容，淡淡的說：「因為我已經說過保護你的，當然要實現承諾。」

「連你們都退學了，這算什麼保護？老哥和渡云哥都是傻瓜，少了我，頂多記過而已，之後表現良好還能銷過，現在這樣兩邊都是輸家！」

「放心吧，誰贏誰輸還不知道。」

忠軍對著希兒耳邊細語，他當然知道可以消過，只是被抓住把柄，在畢業以前每天都要看她的嘴臉，光想就毛骨悚然。

「關同學，羅同學，不要做傻事，現在還來得及，趕快退回申請，凡事都可以商量的。」

事關學校前程，校長的臉色十分難看，連說話的聲音都在發抖。

「我們——」

忠軍和渡云聽了不禁面露得色，正要說話時卻被一聲厲喝打斷。

「你們竟想以此威脅本校師長嗎！」

曹主任惡狠狠的瞪視兩名學生，如果說目光是利刃，兩人早就被碎屍萬段了。

「校長，這兩名學生意圖威脅，如果不照他們想法去做，就對學校施以重大打擊，簡直頑劣到令人不敢相信！」

「威脅？我們都要退學了，為何還要被你說得這麼難聽？你這麼想針對我們嗎？」

「還敢狡辯，聽好了，校長、各位老師，此例一開，以後我們校方如何要立威信，學生還肯不肯聽我們的話？」

在場師長聽了神色猶豫不決，室內氣氛陰沉的可怕，感覺敵視的花火開始飛濺起來了。

啪啪！兩下拍手聲，吸引了所有人的注意力，大家轉頭一看，原來是從剛剛就一直沒發言的羅家家長——孫繭，孫繭抓住兒子的腦袋瓜，說道：「我家笨蛋兒子失禮了，毛都沒長齊的孩子竟然拿前途開玩笑，趕快跟大家道歉。」

「媽……媽媽！對、對不起，我不該這樣做。」

見母親如此說話，渡云眼睛瞪圓，卻看見孫繭用眼神示意自己，那一瞬間他選擇相信母親，口頭上道歉，並也用眼睛示意忠軍。

等到兩位學生道歉，曹主任的臉色稍和，校長點點頭，可是卻沒聽見他們要退回申請，臉色仍然是憂心忡忡。

「幸好羅太太明理，不會一昧袒護小孩，不然的話……」

「訓導主任，那麼剛剛的事情就揭過了，你寬宏大量，不會介意了吧？」

「當然，當然。」

「有些事情小孩不懂，教導他們就是大人的責任了。」

「沒錯，沒錯。」

說到這裡，孫繭向兒子撇了一眼，渡云彷彿聽見了「接下來就教導你大人的吵架方式。」這句話，曹主任沒有察覺到，只是欣喜的點頭。

「那麼接著討論下去，我剛剛看完資料了，這些是完整的資料嗎？過去孩子也到對方的家住過，我又不是不知道這些事。」

「沒錯，我知道您不想相信孩子趁自己不在時亂搞，如今已經罪證確鑿了，但是也不是不可以從輕量刑，只不過要看您孩子之後在學校的表現了——」

「我是問單憑這些資料真的可以證明我家孩子和關希兒進行性接觸嗎？」

「羅太太……」

曹主任顯然被孫藟的用語嚇到了，但是孫藟沒理會，拿出另一疊資料，發派到校長和每個老師的手上。

「羅太太，你，這！」

「發給各位的是我家監視器審查完畢的文件參閱，日期是自六月二十號到六月二十五號，底下有警察和律師事務所的蓋章，雖然事關隱私，沒有房間內的錄影，但是內容從來沒有兩人曖昧的景象，也沒有一起走進房間的畫面。」

「假的，檢查是你的人手……」曹老師掃視文件，氣急敗壞的說。

「喔，講話小心一點，你質疑我們事務所和警察局嗎？這項會議從開始我就錄音了，相信老師們應該知道我的工作吧，我是某大律師事務所的助理，專門整理民事糾紛相關條文。」

「你……我……」

「雖然讓兩個沒有血緣的少年和少女同住在屋簷下很不妥，但雙方相識近一年了，事前我兒子有打通電話，家裡還有監視器，所以我覺得很放心，然而，曹主任剛剛甚至連一句話都沒讓我兒子解釋，也沒直接證據，只憑推論就要用校規懲罰我兒子……實在遺憾至極。」

「我……你……」

「我也有認識的新聞記者，如果他們知道校方作為的話，到底會如何描寫在新聞上呢，不過這些我通通可以不計較，曹主任，你是不是應該向我兒子說聲什麼呢？」

在孫藺凌厲的目光下，校長和老師們早就癱坐在座位了，而曹主任的表情還是不說出來得好。

*

「你要走了嗎？為什麼這麼急？」

飛機引擎轟轟聲，在機場大廳中響起，關希兒面容比起家長會談的那天有些消瘦，關忠軍外表沒什麼變化，只是神色鬱鬱，愁眉不展。

「我留在這裡的話，說不定某天又讓那個臭老太婆抓住把柄，這樣對哥哥或渡云哥都不好，你這次不阻止我嗎？就像上次一樣燒掉我的護照。」

聽到妹妹的挖苦，忠軍只能苦笑，她努力打工掙錢全是為了這目的，他是知道的，也覺得當時自己太過分了，造成兄妹吵架到離家出走的局面。

「說了也是白說，這座島對你太小了，但是，太早了……實在太早了。」

「又不是生離死別，哥哥未免太擔心了吧？」

「因為是我唯一的妹妹啊。」

「肉麻兮兮。」

見關希兒做了鬼臉，忠軍搖搖頭，鄭重其事的問：「但是……你就這麼走了嗎？」

關希兒臉色一僵，轉過身子徐徐的說：「我想去看從未見到的景色，去踏足未知的世界，然而，人生太短了，這個世界太大了，渡云哥太狡猾了，只要見到了我就離不開了。」

雖然背對自己，忠軍看不見妹妹此時的表情，不過語氣卻已經道盡一切。

就這樣，希兒頭也不回的離開了，目送妹妹的背影，忠軍露出神秘一笑，喃喃說：「嘻嘻，每次都是妳耍得我們團團轉，讓我耍一回不為過吧。」

搭上飛機，希兒一屁股坐在座位下，惆悵的望著小圓窗，剛才對哥哥講得這麼堅決，其實內心又何嘗不捨。

但是，如果駐足的話，希兒就不是希兒了。

就在柔腸百轉之時，從旁邊傳來輕浮的聲音：

「嗨，美女，要不要一起去旅遊嗎？旅遊途中還可以附贈美味餐點喔。」

「我說啊，在飛機裡面搭訕，到底有沒有常……」

希兒沒好氣的轉過頭去，一臉震驚的望著來者，那人露出白白的牙齒，欣賞著對方的神色良久……

我得的不是 OCD，而是不安全感

文：宛若花開

宛若花開

故事大綱：

OCD？一個近代的新名詞，全名稱為 Obsessive-Compulsive Disorder，會讓人開始注意到，是因為它就是我們所謂的神經病稱呼代表之一-強迫症，大家看的是表面上那些無限地持續的動作，像是洗手或是不停開開關，或者像是眨眼、扣起襯衫又解開。這些儀式、動作，大家都知道，也都看的出來，卻沒有人願意理解...。

相對來說，不安全感也似乎是一種病態，但是比 OCD 幸運多了！沒有人會說不安全感是一種精神病，經常是出現在愛情內，尤其是女生一方佔大多數，我們就該承受這樣的不安全感一輩子嗎...？

是不是有更好的選擇？是不是有更好的方式？是不是有更好的人？通常都是我們自己的不安全感在作祟，只有妳...自己知道...。

女孩追求的並非高、富、帥，而是一種安全感和穩定感⋯，如果可以，當然希望就這樣穩定一輩子⋯。

常說一輩子有多久，說長不長、說短不短，端看你對人生的感受，過的好，過的開心，就是時光飛逝！

過的差，過的難受，就是度日如年…。就這樣平淡地生活著，每天熱湯熱飯，等著另一半坐在飯桌前，聊著今天彼此看到的種種，女孩只是聽著、看著，欣賞著眼前的另一個他，帶給自己幸福的感覺！

晚上坐在沙發上，靠他的肩膀，睡前躺在床上，躺在他的身邊，再也不是大風大浪，而是女孩找到了避風港，一個讓自己可以安心的地方…。但女孩總是拿不定界線和付出程度，只知道自己掏心掏肺後，剩下的都只是孤單與寂寞...。

【我們害怕的不是沒有錢，而是沒有你的心；

我們擔心的不是不說我愛你，而是你的心早已走遠；

我們傷心的不是你說出多傷人的話，

而是你早已下定決心這樣做，且不再回頭...。】

正文內容：

瀏覽一封又一封的站內信，已經不知道該如何去回應？索性將手機丟給閨蜜，讓她們去挑選男人吧～我只是自顧自的吃著麵，等著她們發現新大陸般地告訴我，可能有不錯可以認識的”新朋友”？！

對，就是新朋友...可能會發展成牽手的”朋友”？

看著朋友一個個交男友、結婚生孩子，老實說心裡有點慌...。但朋友老是說，是緣分還沒到！是妳還沒準備好！妳真的走出之前那些情傷了嗎？

老實說我也不知道，就是走一步算一步唄......。而我們女生有時候發文，無非是心裡輾轉了千百回，才想著怎麼把介紹文修的好？修的吸引人？修的可以找到陪伴自己的好人？但可能修來的，大多都是罐頭信？一行文？風景照？美食照？交友平台聯誼徵人？或是女友來查男友有沒有偷偷寄信？

女友寄信的，我也是醉了...，更可怕的就是來約炮！來找心靈相通的床伴，來個時間管理系，來個已婚偽單身...。不是說上述的不好...，而是現代的網路愛情三觀，早就不是三從四德了，更不是從一而終！而是性身靈得相通，或是來個性愛分離，而那些…都是我不敢碰，也不能碰，因為我清楚自己都碰不起...，只怕摺下去......，就是玩不起的慘景...。

但老天似乎就是給我一個大考驗和玩笑，偏偏閨蜜跟我一起選上的，又是一個深不可測的...渣男...。

是的，站內信來回幾次後，不免俗就是加個 line，加一下個人聯絡方式，大頭照沒露臉？第一個想法當然是，搞什麼神秘?該嶄露真面目了嗎?那不就來個交換吧？就姑且稱他 I 吧，I 趕緊先說：「我不上相，照片就加減看吧！」

我左看右看，感覺好像真的跟站內信有些落差，我也禮貌性地回應：「沒關係我臉盲，可能現場看到人我都還認不出來....哈哈！」

既然都要傳，就傳個照騙吧~老實說，我也沒想過美肌模式到底有多厲害？只是朋友強力推薦，叫我用一下~我也就跟著用唄！我也順勢補了一句：「就只是張照騙，我普妹一枚而已…。」

果然是會說話的人，馬上回說：「不會啊！還不錯！終於看到正妹的廬山真面目了！我今天也太幸運了吧？」

我也只是拿著手機翻了翻白眼，想著接下來的聊天 SOP 不外乎可能就是：約出去吃飯？約出去看電影？約出去玩？抑或是男生會開始像 24 小時掛在線上的模式，訊息都幾乎是秒回...。但可能過陣子熱度過了，就會發現速度越來越慢，中間空白的時間會越來越多...。

既然發文都挑明我喜歡的興趣和愛好，I 也理所當然地說這也都是他的愛好，說巧不巧？竟然這世界上有這麼多共通點的人？朋友就在這吐槽，當然這些都是男生為妳塑造出來的，妳當真以為他真的都喜歡啊？

也是，言之有理，我姑且就跟著客官看下去吧！開始每一夜的深聊暢談，聊到都忘記時間過了多久，這應該就是曖昧最美的時候吧？當然聊一陣子後，也該認識彼此的真名了吧？I 頓了頓，還是回答了：「我叫曲明灝，妳呢？」順著自我介紹下去，話題也越來越開，在深夜的時刻，就得搭配深夜的話題，不知不覺也就跟著順勢開啟了！

但心裡也擔心著，如果聊得不好，就變成性騷擾，就可能變成謝謝再連絡(反面意思就是：根本不會再聯繫妳！)我還是先忍忍吧！但不自覺從各自前任開啟自己的性經驗，一路繼續聊到敏感帶，聊到各種情境模式，再接著聊到解成就。這樣的流程便是所謂的從外太空聊回了內子宮，我真的越聊越濕了，真的光想像加上文字就夠勾人啦！

我趕緊手一摸，完了，下面真的濕成一片，我怎麼可以這麼不爭氣？這下不開語音真的不行，而這一開，心裡想著：「慘了！我是吃聲音這套的，完全是我的菜！」

忍住！忍住！不要再次落入這個陷阱，暫且先把手機移到一旁，深吸了一口氣，盡可能將語氣拉的平淡些，趕緊轉個話題。想著、想著如何轉話題？靈機一動：「對了，對對對，我還不知道他的名字，還不知道他是哪裡人？只知道他是工程師，興趣是什麼，趕快來問問看！」

「妳終於問我了呀！我還估算著妳什麼時候才會問我，哈哈。」怎麼突然有種被I算計的感覺？原來他早已準備好？

「吼！那你還不從實招來？」就先順著他的話下去，這樣就可以慢慢轉話題了！

「我名字是高允祈，我在台南的南科工作，算是工程師吧？反正現在什麼都可以當工程師，身高 190、體重 85，現在還有在跟我哥參加業餘職籃，我打的是大前鋒，我們有跟其他同事組隊喔！比較麻煩的是，我有時候需要輪班，有時就無法參加比賽，不過輪到大夜班後，就可以多休兩三天，所以也比較難跟朋友搭上時間。」允祈娓娓道來自己相關的資訊。

「不會又是 on call 的吧？」聽完他的介紹，我不經意脫口出這句。

「唉唷！怎麼會知道這個專業術語？我在休假期間，我能不接就不接，尤其跟妳的時候！那妳呢？該怎麼稱呼？」允祈開始試著丟球了！

好久沒有男人撩我了，這突然一撩，我瞬間不知道該怎麼接下去？腦子就近了各種小劇場，完全忘記要介紹自己這回事。

「Hello？妳還在嗎？該不會睡著了吧？」允祈問著。

「沒事，沒事，我還醒著。我…我…，我叫齊宛若，就只是一位小斜槓，算到處…到處兼個差，說好聽就文字工作者吧？沒有你那麼厲害…。」宛若開始有點吃螺絲，怎麼莫名開始緊張起來？宛若開始怪自己不爭氣，心裡又被撩起些漣漪。

就這樣默默聊到了大半夜，高允祈有點不捨地說：「可惜我得跟妳說再見了，因為灰姑娘的魔法時間已經快結束了，我明天還可以跟妳聊嗎？」

「哈哈，什麼灰姑娘，你不是男人嗎？哪有人這樣形容自己的？明天嗎？我想想我明天晚上行程是什麼？」齊宛若心花怒放地說著。

「我希望明天上晚班的時候，有妳的聲音跟我道聲晚安，這樣我就很有動力拚整夜了！」高允祈趁機把握機會，希望可以跟齊宛若有機會繼續發展下去。

「想不到你真的是大內高手，這麼會撩妹，怎麼會沒有女朋友？或是沒有妹子拜倒在你的腳邊呢？」齊宛若故作鎮定，不然再下去，恐怕就真的淪陷了…。

「如果我真的很會撩妹，我怎麼可能還是單身狗一枚？我還在等著我的主人來領養，你要領養我嗎？」高允祈繼續出招。

齊宛若看著手機傻笑著，這真的不是個宅男工程師而已，我還是要再觀察會比較妥當些！心想著：就這樣回吧！

「明天我有空的話，會再跟你說，晚安，今天就先這樣吧！」齊宛若還得意的看著自己回覆這段對話。

「我相信妳會的！我等妳！」想不到高允祈來了這段回馬槍，讓齊宛若接球接得有點措手不及…。

兩人便結束對話，但齊宛若今天已經睡不著了，整個腦袋都開始各種戀愛小劇場，等著明天一早要跟閨蜜們分享今晚的對話！

「我跟妳們說，我跟妳們說，妳們挑的那位實在太會撩了啦！！！昨天晚上跟他語音，被撩的不要不要的！」宛若整個心思都繞在允祈身上，話題都離不開他。

「看來妳們應該是有譜啦！就說我的眼光不錯吧？」其中一位閨蜜得意地說著。

「哪有那麼快啦！」雖然嘴巴上說沒有，心裡卻是很誠實，希望這次真的就是 Mr.Right 了！

「好啦！等妳分享啦！希望這次真的就是好消息到底了啦！紅包早就大包在等妳了！」

「好啦！好啦！我一定第一個炸妳們啦！」宛若繼續跟閨蜜聊著，心底也計畫著今晚要怎麼跟允祈繼續聊著未完的話題…。

但是隱約中，總是有個不安全感的念頭又突然冒出，不知道會不會又像之前一樣？每當宛若開始有這些想法出現的時候，她就會開始打掃房間、打掃廁所、打掃家裡每一個角落，試圖想透過這些忙碌的事情，讓這些曾經不好的經歷通通消失在腦海間。

時間默默走到了半夜，高允祈還未有任何訊息出現，宛若已經等了三、四個小時。是，又是無止盡的等待，這個似曾相似的等待，半年前也是如此，最後等到的卻是…分手兩個字。

錯誤的祈禱

宛若盡可能逼迫自己不要去想過去的「那個他」，曾經讓她想放棄全世界的人，到頭來付出的一切都是付諸水流…。說好的當「朋友」，就像是一個騙局，只是讓他有藉口可以安心地對另一個女人好…。

無論是論文、工作、陪伴等，宛若都盡全力去達到他的期待與目標，幾乎把所有心力都放在他身上，就像別人口中的傻女人，自顧自的以為這樣他就會一樣全心全意地為她付出。但是，這一切看在他眼中，就只是理所當然，什麼都是宛若「應當」要做的，因為她是他的女朋友。

這冠冕堂皇的「女朋友」三個字讓宛若辛苦了好一陣子，背負著這三個字就像一把利刃壓在她的喉間，想喘口氣都好困難…。也在這段關係中，宛若開始認清「付出，不一定就會有同等待遇」這個道理，只是懂得太晚…，也傷得太深…。

正當宛若開始悲從中來，看到手機跳出高允祈的訊息：「嘿！我來了！Sorry，這禮拜輪到小夜班，我剛下班而已，忘記先跟妳說一聲，妳還好吧？不會等太久吧？」高允祈略帶抱歉地說著。

突然，手機出現一張班表照片，高允祈繼續說著：「喏！這是我的班表，這樣以後妳就都知道我什麼時候上班和下班，妳就不用等我等到這麼晚，對了，有時候我還會輪大夜班，那時候妳就先睡吧！不要再傻傻等我了！」

宛若看著手機跳出一封封的訊息，當她看到最後一句時，兩行淚頓時落下。從來沒有人跟她說過：「不要傻傻地等。」因為她永遠都是那個最傻的人，等著不該等的人，這是第一次，第一次有人這麼在乎她的感受，知道她會一直等著對方，也心疼她會無止盡地等下去。

宛若哭得無法自己，只回了個貼圖當作回應，說了聲晚安，再次陷入過去的輪迴中。宛若不自覺又走到了洗手台前，開始不斷地洗著自己的雙手，一直希望可以將自己的過去所有回憶隨著水流逝而去，不要再出現在自己的腦海中，甚至是生命中。

刺眼的陽光照射在宛若臉上，不自覺又是哭到睡著的狀態。

「已經好久沒有這樣哭著睡去了…，現在是幾點？」宛若喃喃自語地說著。

看著還早的時間，宛若倒頭回去，雖然睡意爬滿床，心理和腦海中卻是一直浮現允祈的那段話。

「他…是認真的嗎？還是我又誤會些什麼？」過去的傷害對於宛若來說，就像心頭的一根刺，時時警惕著自己，不要再犯同樣的錯誤，也不斷地提醒自己，不要再過度解讀對方的意思，想得越多，受傷的也是自己罷了…，宛若順勢地把被子矇住自己整個頭，暫時不想再去思考這個問題。

即便已經到公司，宛若還是無法專心在工作上，總是不經意想起這個無解的問題，直到宛若的同事突然大叫一聲，宛若才回過神，趕緊回頭看看到底發生什麼事情？

「宛若⋯妳⋯妳的手⋯妳的手流血了⋯。」尖叫的同事對著宛若說。

宛若看看自己的雙手，才發現自己雙手早已經流血，還沾滿整個文件和鍵盤，想起昨天晚上可能因為又是洗手洗過了頭，早上也心神不寧，未注意到自己的手早已被洗到破皮，只是覺得手一直濕濕的，怎麼擦也擦不掉的感覺⋯。

宛若趕緊離開位子到廁所進行清洗，想起自己最近要趕的文件又得重新再打，頓時心裡就沉了一些，宛若看著鏡中的自己：「我到底在做什麼？難道要再來一次嗎？那樣的日子，真的要再重新來過嗎？」

回想起之前那段病態的狀態，宛若不禁搖搖頭，暗自告訴自己：絕對不要再來一次！難得終於遇到正常人了！這次一定要好好把握才行！

宛若想起，今天應該試著再拋個話題，看看是否跟允祈可以再有些話題繼續聊下去。

「昨天加班還好嗎？身體沒事吧？」宛若看一看，覺得不妥，我們好像還沒那麼熟，問身體會不會太怪？趕快收回訊息內容。

「嘿！加班很累吼？今天睡飽了沒啊？」宛若心想：這樣好像又太哥兒們的對話方式，也不對…。自顧自又趕快再收回。

「…我跟你說…，最近天氣比較涼…」宛若還沒打完字，突然跟允祈對話框跳出新訊息。

「妳在幹嘛啊？怎麼一直傳訊息，點開又收回？」允祈好奇地問著。

宛若差點把手機摔到地上，還好只是掉在辦公桌上，但是雙眼也是直愣愣看著自己已讀允祈的手機介面，不知道該回些什麼才好？腦袋就像一坨糨糊班地全部黏在一起，喪失了思考的能力。

只見允祈又傳訊息說:「妳是不是在傳壞壞的訊息啊？」

宛若盯著掉在桌上的手機，側眼瞄到電腦螢幕反射出的自己，是多麼的恐懼和無助？現在的她，不知道該回些什麼？只想趕快找個地洞或是地方躲起來，假裝沒這回事，假裝自己很忙，假裝自己…。但宛若知道自己已經無法再假裝下去，她知道自己眼淚就快潰堤，趕緊衝往廁所，直接在洗手台最角落開始痛哭…。

但公司內的廁所，經常還是有人來來往往的，宛若趕緊打開水龍頭，開始低著頭假裝在洗手。宛若一直搓洗、一直搓洗，剛剛才止住的鮮血，又開始不停地流著。鮮血替代了自己的淚水，替代著她無止盡的內心吶喊，直到有女同事驚覺事情不對勁，洗手台沖洗下來的都是一絲絲的血跡，並趕緊喚醒還在瘋狂地洗著手的宛若。一推開宛若，只見早已兩行深深的淚痕掛在宛若的臉上。

女同事想趕緊通知其他人，叫幾位跟宛若比較要好的同事進來關心和協助宛若。才一出廁所門，就撞見主管洪經理，大家都管她叫洪姊，洪姊看到宛若的狀態，似乎就一眼明瞭事情，就跟女同事說先按兵不動，不要再叫人進來，她會幫忙勸導宛若，並且請女同事出去後，順手就將廁所大門鎖上。

宛若直接跌坐在地上，完全不顧地上濕滑或其他物品在，洪姊也跟著宛若隨性地坐在地上。拍拍宛若的肩膀，並且跟宛若說：「來吧，是感情事吧？是哪個渣男讓妳這樣心痛到直接崩潰？」

宛若只是點點頭，畢竟洪姊也是帶自己入這行的主管，目前也沒有其他人可以聽她訴說，她只好娓娓道來所有事情的來龍去脈，希望洪姊可以體諒…。洪姊聽完宛若的敘述後，輕聲地說：「傻孩子，有什麼好不能說？洪姊也是經歷大風大浪的人，儘管感情事洪姊可能無法像工作上那樣幫妳，但是妳只要向洪姊求救，姊也是會撥出時間陪妳聊聊，下次別再悶在心裡！」

宛若感謝洪姊的體諒，但她還是不知道該怎麼跟允祈繼續走下去，不禁問洪姊：「但是洪姊，我真的無法用下一段感情來讓自己忘記過去，但是我也知道這樣對允祈很不公平，我也不想放棄這個好人，我該怎麼辦？」

洪姊拍拍宛若肩膀，笑笑地說：「其實妳心裡早已有答案，只是礙於過去的慘痛經驗，讓妳不知道該怎麼去面對和處理，但我可以跟妳說的是，不管妳做的哪個決定，只要不是殺人放火、傷天害理，又或是傷害妳自己，我，都會全力支持妳、support 妳，就像在工作上一樣，只要妳有好的 idea，是對公司有利，我都會全力幫助妳完成的！加油！孩子…」

洪姊跟宛若又長聊了一會兒，宛若心裡才放下不少，也比較有勇氣去面對剛剛未回覆允祈的訊息，宛若再次謝過洪姊，並且跟洪姊說：「洪姊，我知道該怎麼做了，謝謝您這麼支持我和照顧我！」

宛若先向洪姊請假半天，回到座位收好東西之後，就直奔自己最熟悉的環境，讓自己沉澱下來，再次點開允祈的訊息。雖然心裡還有些亂，不知道是否該說或不該說比較好？但是想起洪姊跟自己說過的話，自己並不是只剩最後孤單一個人，如同洪姊所說的：「妳不是孤軍奮戰，在這個世界上，妳還有家人、朋友和同事等，這些人都會支持著妳，妳的世界不是只有他，也不屬於他一個人而已！即便妳跟他順利交往，但妳們是兩個人的世界，而不是他一個人主導！」

在這段自我感情修復的道路上，宛若曾經算過占卜、算過命，接受過不少次的諮商，感情諮詢、希塔治療、求神問卜…等，能做的…宛若都做過了，曾經的她，對於自己的人生和感情路相當迷茫，迷茫到已經心生自殺念頭…。曾想過是否自己已經喪失愛人的能力？還是她根本沒有可以被愛的運氣…。她自嘲地懷疑自己是否把運氣都用在工作上？不然，怎麼在這世界上，跌跌撞撞地過了這麼多年，還是重複著同樣的問題，甚至延伸出更多意想不到的狀況…。

宛若總覺得自己找不到適合的方法去解決，即便知道自己固執，但是總是無法讓自己跳脫出那樣的氛圍，總是事後才在那邊後悔，悔著自己為什麼不好好說話？為什麼要那麼衝動行事？這樣的結果真的會比較好嗎？是自己想要看到的結局嗎？

無論是宛若自己的個性所致，還是男人的不理不睬，抑或是親朋好友的各種基於關心的詢問…等，都會牽動著宛若那條不安全感的緊繃神經，好像這條神經永遠都不會放鬆，即便一再告訴自己需要好好放鬆，不要因為沒有另一個伴，好像就活不下去？人生就走不下去？

即便一直說服自己，妳一個人可以過得很好，是他們不適合妳，不要讓自己屈就於傳統，屈就於婚姻，屈就於他人，屈就到最後，苦的也是自己，痛的也是自己…。即便工作再出色，能力再突出，學歷再多高，最終還是說服不了自己，因著自己的固執，一直到現在…同樣的問題還是一直不斷地出現，甚至延伸出其他的問題…。

「是時候該好好收拾這一切了…」宛若心裡在惦著。宛若深吸一口氣之後，決定將自己心中的想法完整地打出來，不然對方也不知道自己到底在想些什麼？說清楚，或許對自己、對允祈都是較為公平的！宛若開始娓娓道出自己的心中想法：「允祈，我知道可能在這段日子裡，你會感覺我似乎忽冷忽熱，或是有時候會一直追問你很多事情，我先跟你道歉，因為我自己太沒安全感了，加上之前遇到不好的人、不好的經驗，都會讓我容易疑神疑鬼…。我會先把自己的情緒調整好，讓自己重新再出發，把過去那些爛人的事情一一拋掉，因為，這樣對你也比較公平！遇到這樣這麼不安全感的我，辛苦你了！或許，我們目前先維持在朋友階段，等我準備好了，我們再好好認識一次！」

傳完這一長串訊息，其實宛若也知道這段話是在告訴自己，有時候感情的步調不需要那麼緊湊，有時候，或許是一見鍾情；有時候，卻需要細水長流。可能這段感情在這段時期無法有個開花結果，但終究還是得往前走，跨出那一步之後，才有可能越來越好，也才會遇到真正適合的人。

宛若不敢看訊息，也不太想再繼續等待的感覺，但矛盾的自己，還是不知不覺中，又開始滑開訊息，看看允祈回了沒？來回幾次後，終於在睡前聽到訊息的鈴聲，跳出允祈訊息的回覆，宛若趕緊點開，看著允祈的訊息內容：「不管是哪個妳都好，朋友也好，情人也好，我都想認識妳！我們可以從朋友開始，我們現在也是朋友啊！就看妳自己願不願意給我們彼此一次認識的機會？」

宛若看著訊息流淚，多希望自己現在就可以飛到允祈面前抱住他！這個夜晚，是新的開始，宛若簡單打了一句：「你好，我是宛若，很開心認識你！」允祈也馬上回訊息：「嘿嘿妳好，我是高允祈，我也很開心認識妳！」

允祈趁勝追擊：「那這樣…我有這個榮幸可以約妳…下禮拜…一起去吃個飯、看電影？還是說…如果妳對酒和咖啡有興趣的話，要不要跟我一起去看展？」

宛若對這個迅雷不及掩耳的邀約，感到無比的驚訝，腦袋突然停滯了幾秒，心臟好像也少跳動了幾下，不敢相信這個約會來的這麼快？「你…不擔心現在這個充滿不安全感的我嗎？」宛若膽怯地詢問著。

允祈笑了幾聲，還未回應，宛若有點害怕、有點生氣地問：「你…你笑什麼啦？」

允祈趕緊收起笑聲，回應道：「沒有啦，只是覺得妳很可愛，怕什麼呢？其實每個人都有他的不安全感的東西在，只是或多或少，或者是嚴重或輕微，只是剛好妳是外顯基因，而我是內隱基因。我也不會承諾給妳什麼安全感，畢竟那是妳自己要給自己的東西，這是妳自己的人生課題、感情課題，在朋友的立場上，我可以做的，就是有空我們就出去走走、吃飯逛街都好，只要出去透透氣，其實妳會感受到外面的世界還是很美好的！」

宛若看到這段溫暖的話語，心中真的充滿感動！無法言喻的感謝，真的單單一句謝謝都不足以表達，宛若心裡想著：無論是否跟他可以走到最後，但相信自己在這條愛情修煉的路上，已經不孤獨了！

宛若收起眼角感動的淚水，緩緩地跟允祈說：「謝謝你跟我說這麼溫暖的話，也謝謝你願意這樣陪伴我！突然感覺到…好像這世界也沒有那麼的糟糕，只是上天…給我太多次難題，我一直無法解開，好像遇到你…開始從無解變有解了！我會試著去努力看看，希望這次可以順利闖過這個大魔王關！」

愛的烘培劑

文：六色羽

六色羽

1 婚姻革命

「妳…怎麼還沒換衣服？」勳從房間走出，一個輕便的背包被他披在背後，疑惑的看向餐桌，都已過了出發回他父母家的時間，老婆小雪還一副漫不經心的坐在那裡喝咖啡滑手機，完全沒有準備要跟他回家的意思。

小雪瞟了他一眼，她表面風平浪靜，內心其實正準備要迎接一場腥風血雨的革命，她打算從這個周休開始，不再同他一起回鄉到婆家度假日。

「我這禮拜每天都加班到晚上十點，真的好累…」

勳聽完先是一楞，緊接著眉頭立即蹙了起來，小雪感受到那眉宇間的慍怒。

「所以妳的意思是，這禮拜妳不想回去？」

「不只是這禮拜…以後我也不想每個假日都要回去那裡。」

「什麼？」勳即震驚又憤怒：「妳究竟是什麼意思？當初要搬出來時不是已經說好，假日都要回去陪他們老人家…」

小雪提高音量打斷他的話:「週休假日本該是連日工作後好好讓自己放鬆的時候，但每個禮拜都必需舟車勞頓回去陪你父母，我連假日都不能鬆一口氣。」

「妳去到那不都在休息嗎？我爸媽也沒要妳幫忙做什麼家事？」

「他們沒要我做，我還不是也得幫忙，總之那裡不是我的家，我根本就無法放鬆心情。我們為何不能偶爾回去一趟就好，非得一遇假日就要趕著回去？」

「因為我是他們唯一的兒子，況且，妳這是做人媳婦該孝順公婆的樣子嗎？」

「做人媳婦該有什麼樣子？」她最討厭的，就是他搬出做人媳婦該有的道理來壓她:「你對我父母從來也不聞不問吶？」

勳聽得額爆青筋，轉身，大門被他用力一甩，小雪覺得整面牆都在他的憤怒之下震撼的搖晃。

她就知道結果一定是吵架收場。

兩年來的婚姻走得跌宕，多少次爭吵，不是因為他的父母、就是因為他的家人？只要一提及他的家人，她總是得妥協讓步，她總是不斷在勉強自己做不喜歡做的事，感情越吵越薄，她也越來越不快樂。

她覺得勳已經不是當初所認識那個會一心袒護她的人。

如果愛他還不夠，還要愛他的家人，讓這場婚姻，宛如有一拖拉庫累贅的沈重。當初他給她的幸福與安全感，為何會在兩人緊密結合之後，全部盡失？

爭吵消失後，整個房子變得空蕩蕩的沈悶。

自搬來這棟新房，他們從來未曾一起在這慵懶的度過假日。這個新家彷彿成了他們下班後過一夜的旅館，放假又得離開長途跋涉回去孝順公婆，那種壓力大到二年來連好好生個小孩的時間都沒有，那麼到底貸款買房子幹嘛？

小雪心浮氣躁的自冰箱拿出啤酒喝了起來，平板上傳來的新聞報導引起她的注意。

現在為您插播一則緊急消息。自 50 市爆發一起類 SARS 嚴重急性呼吸傳染病，目前已有上百名病患突然大量湧入急診室，短短不到三小時，已有五十多人因呼吸困難窒息身亡。50 市將進行全面封鎖，請外

縣市人員別再往該市移動。

天啊！

小雪自沙發上蹭坐起身，啤酒都濺灑了出來。50市雖然離他們家很遠，但她還是不由得惶惶不安。

她第一時間想到的人，就是打給離家的勳。

小雪打了快上百通 Line，勳還是不接電話，訊息也不讀不回。

真是肚量狹小的男人，他一定也看到了那條重大新聞，卻完全沒為她的安危擔心，不打電話來關心也就算了，連打給他都不接。

小雪氣得將手機甩到沙發上，下唇幾乎要被她給咬出血！

一天到晚父母東父母西的媽寶，甘脆永遠都別再回來算了。

手機此時終於響了起來，小雪興奮的連來電顯示都沒看就迫切的接起電話，傳來的卻是父母的擔心問候，不是勳！

失望之餘，眼淚也悄悄的流了下來，爸媽真誠熱切的關心，讓她浮躁的心頓時靜了下來。這世上，再也不會有人這麼關心她了，即使是她誤以為會一起走完一輩子的男人也不會。

她拉開窗簾看向窗外，街頭竟出奇的安靜，大家都害怕的不敢出門了嗎？

有種風雨欲來的可怕徵兆。

她的心一直懸在半空中，因為還是沒有勳的消息。忍不住酒一口接著一口下肚，購物網站閃亮亮的廣告，終於拉走了她坐立難安的注意力。喝得茫茫然間，她甜甜的酒窩越來越深，指間咔嚓咔嚓的在各大網站黑皮購，笑容也越來越詭譎。

門外傳來宛如天要塌下來的門鈴聲，小雪被嚇得應聲摔下床，她醉得完全忘了自己昨晚何時回房睡覺的，搖搖晃晃的跑去應門。

才走出房門就被一龐然大物給撞倒於地，她疼得一聲狼嗷，定睛看向替她跑去大門領包裹的高大身影，竟是勳，他回來了！他該不會是放心不下她才又趕回來陪她的吧？

勳抱著一個很大的箱子，滿臉疑惑的走回客廳，將它放於玄關的大理石台子上，抬頭，對上了小雪的目光，她的心暖了起來。

小雪連忙移開視線，不好意思的問：「你不是回你家了嗎？」

「妳是不知道 50 市爆發了嚴重的傳染病，所以各大縣市都開始設立路障，限制各縣市的人到處移動了嗎？」

「原來你是因為設置了路障過不去，才回來的。」小雪失望的呿了一聲，沒好氣的掉頭走回房間。

「妳呿什麼呿？」

「所以若是沒有那些路障，即使是世界末日，也阻止不了你回家去對吧？」原來是她自作多情，以為他是趕回來保護她的。

「妳到底在發什麼酒瘋？妳不肯跟我回家看爸媽，就因為妳想留在家喝得爛醉是嗎？我才出去多久，回家就滿客廳都是酒瓶會不會太誇張？」

「我喝酒還不是你害的，每次我打電話給你，你接過幾次？世界末日來了，你只想到…」

「閉嘴——」動側著耳突然打斷她。

「你才閉嘴，我…」

「不！妳聽…有奇怪的聲音…」

一個尖銳但細微的哭聲打斷了他們的爭吵，循著聲音，他們一同看向大理石桌台，勳剛剛抱進門的包裹，裡面有哭聲！

2.愛的烘培劑

兩人目瞪口呆看著拆開的包裹，一個娃兒兩手掙脫包巾在空中握著拳、嘴張得老大，哭得臉紅脖子粗，但聲音卻十分的微弱。

勳怒道:「哪個沒良心的父母,居然這樣賣小孩？」

「快點抱他出來，他好像快斷氣了！」

「我沒抱過小孩子啊！妳是媽媽妳來抱。」勳邊說邊向後退。

「我什麼時候當媽了我怎麼不知道？」小雪提高音量抗議:「我也沒抱過小孩啊！」

「那妳把他打包退回去。」勳再也受不了哭聲的摀住耳朵。

「為什麼又是我，你怎麼都只會出一張嘴？」

勳不耐煩的向前翻動包裝上的寄件資料，怒火中燒的瞪向小雪:「這孩子是妳上網買的？收件人是妳的名字！」

「我…」小雪咯噔一楞，收件人是我？「這怎麼可能吶？」

但上面的收貨人的確實是她的名字。

「還是孩子是妳和別的男人在外面偷生的？」

「這一年來，你什麼時候看我肚子變大過蛤？」

「那妳上網買小孩究竟是什麼意思？」

此時聽到一聲急速的噗——

怪味迎面撲來，他們駭然看回箱子裡的貝比。

「他拉屎了！」

『屎』！他們不約而同倒退三舍遙望那會拉出金黃色、或青灰色、還帶有玉米粒的怪物。

空氣凝滯～

小貝比大概發現哭這招對那對夫婦沒有用，於是哽咽的抽著鼻涕，改為睜著淚眼汪汪的大眼睛，用正常人無法招架的眼波攻擊。

勳率先投降垂下強硬的肩頭，走向小貝比挾住他的腋下將他抱出箱子。

貝比在他大手掌握下好嬌小啊！且感覺比奶油還

要柔軟！

運送單上沒有寫貝比從何處被寄出，他不知道被父母裝在箱子運送了多久，尿布早已無法承載尿量，以至於下半身幾乎是浸泡在尿的濕冷中，看得讓人好不心疼。

「還楞在那兒幹嘛？」勳對小雪大吼：「快去準備熱水和大毛巾，他好像凍壞了，全身冰冷。」

小雪這才動了起來。

「嘔～」打開尿布的瞬間他們無不屏息！

貝比突然狠狠的打了一個大噴嚏，兩隻小手都因此用力的握成拳，他們的心跟著一抽，怎麼那麼可愛！

「糟了！」小雪突然大叫：「我們沒有尿布。」

勳怒瞪了她一眼。

「幹嘛，沒有尿布也要怪我嗎？小孩又不是我生的。」

「是誰把這麻煩送進門的？妳到底哪根筋不對居然在網站上買小孩，酒會不會喝得太多了蛤？」

小雪重重的嘆了口氣：「好啦，我去買尿布不就得了，就只會怪東怪西的。」

但當她走出浴室拿起車鑰匙準備出門時，他們的大門卻傳來一聲震天的撞擊聲，隨即玻璃門也應聲碎成一地。

勳抱著小貝比聞聲自浴室衝了出來:「發生什麼事了？」

「你…你看外面，所有人好像發瘋了一樣，每個人都在橫衝直撞…」

兩人目瞪口呆的望著窗外，那已經不是他們以前認識的和平世界。大家究竟怎麼了？他們驚慌失措的四處逃竄到底打算往哪裡去啊？

遠方的大馬路傳來更多的碰撞聲，然後汽車警報聲彼起彼落的響徹雲霄傳遍大街小巷，宛如世界末日真的來了！

勳將手中的嬰兒塞到小雪的懷裏。

「妳在家顧好他，我去買。」

小雪訝異的看向勳，只見他神情即嚴肅又堅定，好像要親赴沙場的毅然決然,她從沒見過他這個樣子，心怦然一悸。

他走出門前，她忍不住的抓住了他的臂膀，他猛然回頭，兩人四目相望。

小雪擔心害怕的說:「等外面平靜一些再去比較安全。」

他會不會這麼一走，就再也回不來了？

但他回看她的冷峻眼神，讓她開始覺得後悔拉住他，那張向來得理不饒人的嘴，又不知道要說什麼挖苦她？

她連忙把手縮回時，居然被他溫厚的大手給反握住，她訝異無比的凝望他，他將她連同小貝比一起拉進他的胸膛:「我很快就回來。」

語畢，他頭也不回的走入外面混亂的世界。

在這彷彿即將失去他的瞬間，小雪這才發現自己有多麼的眷戀著他。

她從沒想過，會和他一起遇到這樣猶如末日的場景！

3 等不到的人

勳一出門，小雪就將洗好澡的貝比放於床上，拿出乾淨的舊毛巾暫時充當他的尿布包好他的小屁屁，並用大浴巾將他身體包緊。

今天正好寒流來襲，從不開暖氣的小雪也破例開了適當的溫度讓孩子取暖，小傢伙在小雪替他準備的乾爽舒適環境下，很快就睡著了。

小雪看著他安祥的睡臉，好久不見的幸福竟再次湧現，也許她應該快點幫勳生個孩子，才能把他們愛的缺口給補滿。

趁這空擋，小雪決定將粥煮成米糊，若是勳真的沒有搶到奶粉，貝比起碼不至於都沒東西吃。拾起裝貝比的箱子，在墊於箱子底部的毛毯裡，發現了一封信，她連忙打開這唯一能得知孩子身分的訊息，信中寫道…

這場瘟疫來得又急又猛，松鶴村的村民幾乎無一幸免，生命等不及政府的救援到來，只能先自救。感謝善心人事願意伸出援手幫忙暫時安置孩子，等病情痊癒，會盡快向您領回孩子，並回報對等的酬勞。

善心人事？

昨晚喝得醉茫茫，她連自己有看過這則購物的廣告都忘了，更別提她是出於善心。毛毯下好像還有一樣東西，她將它抽了出來，駭然倒吸了一口氣，竟是一張一百萬的即期支票！

孩子的父母，該不會是預知了自己過不了這場大瘟疫，才會開出這麼大一筆錢連同小孩一起寄出的吧？

無辜的孩子，她默默的替他的父母祈禱。

不論做什麼事都心神不寧，但她也只能借由忙碌打發煩躁的等待，無時無刻都掛著勳，他一刻不回家，她就一刻都無法放得下心。

轉眼間，窗外的天竟不知不覺已黑了！

他一定是發生了什麼意外，才會出去了四五個小時都還沒有回來。小雪忐忑不安的再打給他，但他依然沒接，小雪急得想衝去大賣場找人，手機在此時響了起來，她迫不及待的拿起手機，打來的竟是婆婆！

萬般的不願意，但小雪還是按下接聽。

「媽⋯」

「阿雪，是不是妳叫勳這禮拜不要回來的？妳要搞清楚，這裡可是他的家，妳憑什麼叫他不要回家看他父母？」

鋒利的話一句句的刺入，刺得耳膜都叫人發痛，但她一句話都插不進婆婆的責罵裡。

「我們年紀有多大了？能見到兒子的時間還能有多少？妳和勳往後的日子還長得很，妳這為人媳婦的不想對公婆盡孝道就算了，有必要阻止妳丈夫盡孝道嗎？妳可要知道以前我當媳婦…」

小雪索性把電話拿開耳邊，兩眼放空的看著睡在床上那張安穩的小臉，發呆了一會兒，直到手機傳來婆婆氣瘋的怒罵聲她才回神。

「妳該不會是把手機拿開了當作沒聽到蛤？真不知道妳媽究竟怎麼教妳的，怎麼會那樣目無尊長？」

我媽是怎麼教的？我目無尊長？

那也得看尊的是怎樣的長輩吧？倚老賣老…可惡！

「媽，妳有沒有在看電視？」

「喲，我在教訓妳，妳叫我看什麼電視？」

「電視新聞說 50 市出現嚴重的傳染病，每個縣市都被封了勳才會沒有回家的，不然他爬也會爬回去，我沒那麼大的本事可以阻止他。」

婆婆頓時語塞，反正這禮拜沒見著兒子的氣也發完了，悻悻然的說：「反正勳說他要回來，現在應該在半路上了吧。」

婆婆滿是終於搶回兒子感到驕傲的口氣。

小雪心一沈，他在回婆家的半路上了？

4.孤軍奮戰

勳決定離家去大賣場替她和貝比買日用品，那宛如英雄般的背影，還歷歷在目的站在玄關上，沒想到那全是她太多戲！

她的英雄，早就拋棄了他們跑回老家當乖兒子去了！

難怪會去那麼久！連一通電話也不打回來通報，更可惡的是她打去的電話和訊息，連接都不接。

小雪氣得咬牙切齒差點沒將手機給捏爆。

他是決定讓她和這被父母拋棄的孩子自生自滅嗎？

她才在欣慰雖大難臨頭，但起碼還有個強壯的臂膀可以相依偎，看來她真的是看錯人了。她的死活，終究比不上他的家人重要。

她咬牙切齒的對婆婆說:「既然妳任性的硬要叫勳回去孝順妳，不顧他可能會被肺炎傳染、在路上被暴徒打死、或被搶食物的人給撞死……，我這媳婦還能說什麼？」

「唉啊！居然說妳婆婆任性？妳在咀咒我兒子出意外是嗎？」

「50 市就是你們隔壁的縣市，是妳硬要兒子冒生命危險往那裡去的，妳覺得我需要咀咒誰？」

「妳…」

這時，貝比被小雪罵出口的話給吵醒，哇哇哭了起來。

婆婆奇怪的問：「怎麼會有嬰兒的哭聲吶？」

小雪直接將電話給掛了，偌大的房子，只剩下孩子的哭聲陪她，腦袋一片空白，但孩子的哭聲越來越鏗鏘有力，睡醒後，孩子似乎變得更有活力了，手和腳都掙脫出包巾，在空中揮舞著肥手肥腳。

沒有奶粉，小雪只好餵他吃預備的米糊。

小傢伙沒吃過這味，吃得擠眉皺眼的，紅紅的小舌頭迫不及待的舔著盛滿米糊的湯匙。

「你看你，也不好好吃！」米糊被小貝比一半進一半吐出的流得滿身，萌樣逗得心情極差的小雪都笑了出來：「你是不是上帝特地派來陪我渡過這場大災難的天使啊？」

說著，眼淚已自她眼中噗滋的流了下來，門外突然響起急促的門鈴聲，小雪驚訝的挺直了背聆聽！

是勳嗎？

抱著貝比衝到門口，但外面的人影讓她神經都緊繃了起來。

一群看起來並非善類的男人，正圍在她家外面的圍牆。

「有人在嗎？快開門——」

按電鈴無人應答，那群兇暴的男人改為猛力敲門，小雪害怕的將懷中的貝比抱得更緊。

「我們肚子餓了，再不開門，我們就放一把火把這裡燒了。」

小雪吞吞口水，鼓起勇氣向對講機說：「各位大哥，疫情來得突然，我家也沒來得及準備食物，還有個嬰兒嗷嗷待哺，請你們離開吧。」

「耶～有嬰兒？」他們其中一個髒兮兮的男人，頭伸向鏡頭，眼睛瞬間被放大數倍：「有嬰兒的話，應該就多少還有為孩子準備的存糧吧？不然奶粉我們也可以接受。」

小雪咋舌一怵，這些惡棍竟連孩子的奶粉都要搶！

「我已經按下保全警鈴，也報了警。」

「臭女人，真的想見死不救啊？妳以為警察會來救妳嗎？警局早就人去樓空啦，看我進去後怎麼教訓妳。」

小雪心涼了一半，警察真的不會來了嗎？那可怎麼辦？她按下保全警鈴半天了，也沒人打來詢問她的狀況。外面現在已呈現無政府狀態了嗎？

5.錯看了他

撞門聲越來越大，聲聲撞進小雪心底，早上被滿街搶物資的車子撞到的大門，不知還能支撐多久？

她坐立難安的在窗邊來回踱步，終於忍不住又從窗簾縫隙看向窗外，身子一僵！有個人不知打哪拖來半截乾枯的樹枝，手上點著的打火機已湊上樹枝準備放火。

這些人怎麼可以這麼無法無天？小雪背脊漸漸發涼！

「點火點火，把整棟房都燒了，我就看裡面的臭婆娘要不要出來？」

男人們起哄訕笑。

小雪衝回二樓房間開始翻箱倒櫃找毛毯，穿上外套後將小貝比緊綁在身上，準備從後門逃走時，門外卻傳來一道道哀嚎聲。

「媽的！你是誰？對我們噴什麼鬼東西？」

另一個人大叫：「是汽油！」

「沒錯，就是汽油，活不耐煩的人就點火啊。」

好熟悉的聲音！

小雪訝然的從窗戶看向一樓，真的是勳回來了！他手上拿著汽油桶，汽油的味道自一樓瀰漫而上。

全身被勳潑滿汽油的流氓暴徒，看著勳手上也點燃打火機，連忙摸摸鼻子走人。那些人一走，小雪立刻開門，看著回來的勳鼻子一酸，眼淚已在眼眶裡打轉。

「如果我沒有及時回來，妳要怎麼對付那些人？」他將大包小包的尿布、奶粉、嬰兒用品和食物一股腦的放於地上。「好不容易買到的汽油，卻浪費在那些惡棍的身上。」他惋惜的嘆了口氣。

傻瓜！那些東西全都不重要，重要的是，你平安回來就好。她一度以為他棄她而去了！卻沒想到他真的在外面冒死為了她和孩子搶食物！

她似乎…錯看了他。

「孩子還好嗎？」卸下防備後，疼痛自勳的後腦襲來，他滿臉痛苦的坐於地上，小雪這才發現他整個衣領都是血！

「你受傷了？」她不禁一顫。

小雪拿出醫藥箱，一條不小的縫合傷口竟觸目驚心的攀爬在他頭頂上！眼淚終於忍不住噗哧的流下，一整天的擔心受怕，全化為淚，滴在他的臉上。

「沒事沒事了…」他將哭成淚人兒的她拉於懷中。

小貝比可愛的小手，好奇的在空中亂舞，他將它抓於大掌裡，那柔軟的觸感，瞬間要融化他的心。

她望著他問：「發生了什麼事？」

「為了搶那罐奶粉，被人從後面偷襲，我當場昏了過去，還好有個醫生在附近，他將我帶回家中縫合傷口，還將搶到的兩罐奶粉，送了我一罐。」

「我以為…以為你遲遲沒回來，是回你家去了…」

「回家去了？」勳有些激動的說：「我有可能把妳丟在這自己離開嗎？況且還多了一個貝比。」

「所以你的意思是…」小雪微惱的抬頭問他：「若沒有貝比在這，你真的會拋下我回你家？」

「妳…」勳突然腦子有些打結，重重的嘆了一氣：「妳為什麼一直覺得我會拋下妳？」

小雪憤憤的咬著下唇，許久才說：「因為你媽下午打來罵我，說是我阻止你回鄉去看他們，而且她還說…」她犀利的直視他眼睛：「說你已經在回去的路上了。」

勳無語，他不知道他媽媽為何要向小雪編那樣的謊言？

6.歉意

「媽年紀大了，有時候說話不經大腦，妳自己要判斷一下啊？」

「是我沒有判斷能力嗎？」小雪很想哭：「若不是因為你常常為了你的家人犧牲掉我，我也不會相信你在這樣的混亂時期，真的會拋下我往重災區回家。」

「我什麼時候犧牲掉妳了？是妳自己說寧可一個人在家也不想回我媽家的。每次提到我媽，妳就變得歇斯底里。」

「我歇斯底里？」小雪不敢相信的提起雙肩：「我只是希望好不容易假日了，咱們能過上一點只有我們夫妻倆的生活，那樣錯了嗎？」

這下反而都是她的錯，而不是婆婆在無理取鬧。自嫁進他家後，婆婆總是一副嫌棄她、老是往她骨子裡酸的挖苦，假日還要去孝敬她，她不歇斯底里才奇怪。

懷中的小貝比突然尖銳的大哭了起來，這次他的哭聲，有力又宏亮，屋頂都快被他的飢餓給震歪了。

小雪起身去幫孩子泡牛奶。

勳看著昏暗的燈光下，小雪抱著孩子在他們的廚房裡，一下子找奶瓶、一下子找奶粉，又一邊搖晃著身子哄孩子…但她臉上，始終掛著甜蜜的笑容。

這不正是他一直期盼看到的景象嗎？心愛的女人抱著他孩子的模樣。結果兩年過去了，是什麼讓他們遲遲沒有孩子？嫁給他之後，小雪在他面前的笑臉，好像總是被一層濃鬱的憂愁給籠罩，然後就慢慢的再也看不到了。

他一直期許自己，即使成立了家庭，對於原生家庭仍要扛起應有的責任。只是他也明白平常上班已夠忙碌，假日還得趕回父母家過夜，連他自己都覺舟車勞頓的疲累，再加上自己的父母也不容易相處，尤其是富家出生的老媽，不但缺乏同理心又常恣意任性。

但婚後他認為的責任，卻從沒想過，那到底為小雪帶來了多少負擔？

奶粉終於泡好了，小貝比窩在小雪的懷裡、肥肥的雙手搭在奶瓶上，貪婪的吸允著香甜的奶水，勳忍不住的跪坐到他們身旁，看著那張滿足的小臉。

外面正在發生一場巨變，這小傢伙卻遭逢亂局來到這個世界，離開了父母遇見了他們。誰也無法預知下一秒會發生什麼事？當下，只有珍惜還留在身邊的每個人。

他實在無法想像自己沒有回來，小雪一個人帶著孩子要怎麼度過這樣的困境？他們要吃什麼？誰要保護他們？

光那些失序的暴徒向他們一擁而上的畫面，就讓勳不覺全身發冷。這瘟疫爆發得又急又快，光是恐慌與害怕，就幾乎把大家給吞沒了，原本安分守己的百姓全變成四處亂竄搶東西的暴徒，失序而因此殺人的事件也頻傳，人命竟在一夕間顯得一文不值了。

那麼在鄉下的老父老母怎麼辦？誰又能保護他們？

「小雪，對不起…」勳黯然的低著頭，在微暈的燈光下說。

小雪詫異的盯著他不敢看她的雙眼:「幹嘛突然道歉？」

認識他五年，向來隨心所欲又霸道的他，為何會無故道歉？她十分不安的想，該不會…他又打算回家去找他家人了？

7.面對

她掌心冒汗的凝視著他，他黯然道：「我早上不該獨自一人回家，把妳一個人留在這裡。」

小雪心房整個懈下，卻挑起眉故作心平氣和：「若是沒有發生大瘟疫，我一個人留在家還好。」

雖然她當時心如刀割，還喝了一整晚的酒洩憤，但比起跟婆婆每個禮拜綁在一室，那樣的孤獨簡直就是天堂。

「只是…」他吞吞吐吐，但總算是抬起眼，認真的望著她：「我還是很擔心他們在50市旁的安危，現在連電話都不通了。」

「那你打算怎麼辦？」

「等疫情較緩和穩定後，我再回去一趟。」他小心翼翼的睨著她，小雪理解的點頭：「嗯，到時候我也要回娘家看看。」

勳釋懷一笑，隨即又板起臉嚴肅的說：「我為我媽向妳說謊道歉…」

他還想繼續解釋，但小雪卻傾下身吻了他，笑道：

「不要再說了，我接受你所有道歉。」

光是他負傷回來找她，千言萬語都成了多餘的事了。

小貝比把喝得精光的奶瓶丟到地上，在兩人的懷裡不安份的動來動去，小手突然從倆的臉中間伸入想湊熱鬧，逼得他們不得不分開低頭看他，孩子居然咯咯的笑了。

他們不可思議的盯著他的笑容，也許這孩子，真的是上天送給他們婚姻中最好的烘培劑。

＊＊＊

半年後，政府終於控制住了混亂的局面，世界正在慢慢的走回從前的井然有序。一年後，疫苗也被研發出來，但可怕的瘟疫依然時而嚴重，時而舒緩，大家都盡量足不出戶。

這一年來小雪倒也樂的輕鬆，除了短暫解封時要回公司辦公之外，假日勳也不再勉強她非要跟著他回婆家，和勳終於能在婚後兩年，享受到難得的獨處時光，彷彿又回到談戀愛時的甜蜜。

這樣閉門索居的悠閒，日子還真是清靜，許多以往找了許多藉口沒空做的事,如整理雜亂無章的衣櫃、想讀的書、想釘的書架……都開始動手完成，連庭院都成了綠意盎然的菜園，蝴蝶飛舞翩翩。

不禁自問，大疫前究竟每天都在忙什麼？真的與無頭蒼蠅沒什麼兩樣。

一天早晨，好久未響的門鈴突然響了起來，兩人乍然放下手上的園藝工作，一陣對視後，才一起自樓上陽台往樓下看。

一個陌生的中年男子，站在他們家門口。

勳定在原地遲遲不想去應門，小雪望著他黯然轉身，快步走進屋子看孩子的背影。門鈴依然作響沒有停，她倒吸了一口氣，該來的，還是來了。

她拖著笨重的身子走下樓，闊步往大門走去。

門外的男子粗獷的臉上滿是鬍渣，穿著卡吉色的厚重大外套，看到小雪後連忙拿下頭上的針織帽，禮貌的行了個禮。

小雪也怯怯的回禮，但目光一直無法自他的臉上移開，他有著和小貝比一樣的杏眼，閃耀著好看的熟悉。

「您好，我是許慶陽，請問您是白雪雲小姐嗎？」

小雪撫著鼓起的肚子點點頭。

走下樓遠遠站在客廳的動拳頭緊攥了起來，也明白該來的，還是來了，只是他仍期待著永遠不會有這麼一天。他默默的走到廚房，自廚櫃的盒子裡拿出那張放了一年的一百萬支票，然後看看懷中熟睡的孩子。

一年來，他一直是他們倆的精神支柱。

許慶陽隨即又說：「我是一年前，被疫情摧殘的50市僥倖活下來的倖存者…」他目眶泛起了紅，手掌將針織帽擰得更緊，哽咽的說：「我…我是您下單，訂購暫時寄放那個孩子的父親，他的名字是小智……」

小雪向後退了一步，微笑的對他說：「我知道，請進來再說吧。」

國家圖書館出版品預行編目資料

錯誤的祈禱／藍色水銀、語雨、宛若花開、六色羽　合著
—初版—
臺中市：天空數位圖書　2022.07
面：14.8*21 公分
ISBN：978-626-7161-06-7（平裝）
863.57　　　　　　　　　　　111011576

書　　名：錯誤的祈禱
發 行 人：蔡輝振
出 版 者：天空數位圖書有限公司
作　　者：藍色水銀、語雨、宛若花開、六色羽
編　　審：品焞有限公司
總 編 輯：容飛
製作公司：平常心有限公司
美工設計：設計組
版面編輯：採編組
出版日期：2022 年 7 月（初版）
銀行名稱：合作金庫銀行南台中分行
銀行帳戶：天空數位圖書有限公司
銀行帳號：006—1070717811498
郵政帳戶：天空數位圖書有限公司
劃撥帳號：22670142
定　　價：新台幣 280 元整
電子書發明專利第　I　306564　號

服務項目：個人著作、學位論文、學報期刊等出版印刷及DVD製作
影片拍攝、網站建置與代管、系統資料庫設計、個人企業形象包裝與行銷
影音教學與技能檢定系統建置、多媒體設計、電子書製作及客製化等
TEL　：(04)22623893
FAX　：(04)22623863　　MOB：0900602919
E-mail：familysky@familysky.com.tw
Https　://www.familysky.com.tw/
地　址：台中市南區忠明南路 787 號 30 樓國王大樓
No.787-30, Zhongming S. Rd., South District, Taichung City 402, Taiwan (R.O.C.)